UWE KLAUSNER

Blumenkinder

UWE KLAUSNER

Blumenkinder

Tom Sydows neunter Fall

GMEINER SPANNUNG

Bisherige Veröffentlichungen im Gmeiner-Verlag:
- Historische Romane -
Pseudonym – das Shakespeare-Komplott (2016), Die Fährte der Wölfe (2015), Die Stunde der Gladiatoren (2013), Engel der Rache (2012), Die Bräute des Satans (2010), Pilger des Zorns (2009), Die Kiliansverschwörung (2009), Die Pforten der Hölle (2007)

- Kriminalromane -
Führerbefehl (2015), Walküre-Alarm (2014), Stasi-Konzern (2014), Eichmann-Syndikat (2012), Kennedy-Syndrom (2011), Bernstein-Connection (2011), Odessa-Komplott (2010), Walhalla-Code (2009)

Besuchen Sie uns im Internet:
www.gmeiner-verlag.de

Im Ehnried 5, 88605 Meßkirch
Telefon 07575/2095-0
info@gmeiner-verlag.de

1. Auflage 2016

Lektorat: Claudia Senghaas, Kirchardt
Herstellung: Mirjam Hecht
Umschlaggestaltung: U.O.R.G. Lutz Eberle, Stuttgart
unter Verwendung eines Fotos von: © ullstein bild – Klaus Mehner
Druck: GGP Media GmbH, Pößneck
Printed in Germany
ISBN 978-3-8392-1977-5

Die Handlung des Romans ist frei erfunden.

HAUPTFIGUREN

(in der Reihenfolge des Erscheinens)

Marie-Luise (»Malu«) **Lieberknecht,** Studentin an der FU

Tom Sydow, 55, Kriminalhauptkommissar

Veronika Marquard, 30, Sydows Stieftochter

Rolf Maybach, Revierleiter in Moabit

Heribert Peters, Pathologe und Leiter des Instituts für Rechtsmedizin

Manfred Konopka, Leiter der Spurensicherung

Herbert Smolka, Rentner

Sven Waldenmaier, Kriminalassistent

Hubertus Lieberknecht, Marie-Luises Vater

Erika Lieberknecht, seine Frau

Edith Panucci, Gymnasiallehrerin

Lars-Hendrik Langenkamp, Jura-Student

Dorothea (»Dorle«) **Kleinhans,** Fotomodell

Fritz Habermaier, Polit-Aktivist

Rudolf Obermann, Kommunarde

Helene Jankowitz, Marie-Luises Tante

Frederick (»Qualle«) **Verhoeven,** Reporter bei der »Berliner Morgenpost« und Sydows bevorzugter Informant

Arno Waldenmaier, Bruder des Kriminalassistenten

Eduard Krokowski, Kriminalkommissar und Sydows langjähriger Partner

Karl-Theodor zu Hock-Schwartenberg, Kriminalrat und Sydows Vorgesetzter

Günther Merz, Polizeibeamter aus Schöneberg

Viktor Kalinowski, Abteilungsleiter beim Landesamt für Verfassungsschutz von Berlin

Nele Miesbach, Studentin der Psychologie und Habermaiers Geliebte

Lea, 52, Sydows Frau

SCHAUPLÄTZE

01
Berlin-Moabit, Stephankiez | *19.30* h

02
Berlin-Tiergarten, Abteilung K der Zentralen Kriminaldirektion in der Keithstraße | 07.30 h

03
Berlin-Moabit, Gericke-Steg am Helgoländer Ufer | 08.20 h

04
Berlin-Tempelhof, Flughafen | 08.50 h

05
Berlin-Moabit, Helgoländer Ufer | 09.10 h

06
Berlin-Moabit, Stephankiez | 10.05 h

07
Berlin-Moabit, Alt-Moabit | 11.25 h

08
Berlin-Moabit, Alt-Berliner Kneipe »Zur Quelle« an der Ecke Alt-Moabit/Stromstraße | 11.45 h

09
Berlin-Mitte, Leichenschauhaus in der Invalidenstraße | 12.50 h

10
Berlin-Charlottenburg, Geschäftsstelle des SDS am Kurfürstendamm 140 | 13.45 h

11
Berlin-Tiergarten, Abteilung K der Zentralen Kriminaldirektion in der Keithstraße | 14.40 h

12
Berlin-Moabit, Öffentliche Bedürfnisanstalt in der Huttenstraße | 15.00 h

13
Berlin-Moabit, Fritz-Schloß-Park | 15.30 h

14
Berlin-Tiergarten, Abteilung K der Zentralen Kriminaldirektion in der Keithstraße | 16.05 h

15
Berlin-Mitte, Leichenschauhaus in der Invalidenstraße | 16.20 h

16
Berlin-Moabit, Westhafen | 17.50 h

17
Berlin-Moabit, Alt-Moabit | 18.45 h

18
Berlin-Tiergarten, Abteilung K der Zentralen Kriminaldirektion in der Keithstraße | 18.55 h

19
Berlin-Schöneberg, Sydows Wohnung in der Grunewaldstraße | 19.30 h

20
Berlin-Moabit, Stephankiez | 07.30 h

21
Berlin-Charlottenburg, Hotel Zoo am Kurfürstendamm | 07.30 h

STRASSENSCHLACHT

Blutige Straßenschlacht vor der Deutschen Oper Ein Toter bei den Demonstrationen gegen den Schah-Besuch

Eigener Bericht

Berlin, 3. Juni

Mit einer blutigen Straßenschlacht endete gestern Abend vor der Deutschen Oper Berlin der Besuchstag des persischen Kaiserpaares in West-Berlin. Während der Schah und Farah Diba mit dem Bundespräsidenten und vielen Ehrengästen die »Zauberflöte« sahen, kam es auf der Bismarckstraße zu wüsten Ausschreitungen. Es wurden mindestens 25 Demonstranten und sechs Polizisten verletzt. Insgesamt 35 Randalierer konnten festgenommen werden.

Von den schwer verletzten Demonstranten starb gegen Mitternacht der 26-jährige Student Benno Ohnesorg aus Wilmersdorf im Krankenhaus Moabit an den Folgen eines Schädelbruchs.

(»*Berliner Morgenpost*«, 3. Juni 1967)

PROLOG

(West-Berlin, Freitag, 11. Oktober 1968)

01

Berlin-Moabit, Stephankiez | 19.30 h

»Na, Süße?«, raunte der Typ neben ihr, ging auf Tuchfühlung und ließ die Pillendose verschwinden, in der er seine LSD-Trips aufbewahrte. »Was sagst du jetzt?«

Sie öffnete den Mund, um etwas zu erwidern – und brachte keinen Piep heraus. Im Hintergrund liefen die Doors, und wie von irgendwoher drang Stimmengewirr an ihr Ohr. Je länger sie auf der Matratze lag, desto weiter schien es sich zu entfernen – und desto konfuser wurden ihre Gedanken. Alles um sie herum, die Konturen des Raums, die schrillen Töne aus den Lautsprechern in der Ecke, der Geruch der Rauchkringel, die der Schönling neben ihr an die Decke blies, all das nahm sie nicht mehr als getrennte Sinnesreize wahr. Was blieb, war dieses Gefühl, die Welt wie durch einen Schleier zu sehen – und die Lähmung, die sie mit rasender Geschwindigkeit durchströmte.

»Voll auf Dope, was?« Ja, so konnte man es vermutlich ausdrücken. In ihrem Leben, das vor genau 19 Jahren begonnen hatte, war sie kein einziges Mal besoffen oder auch nur angeturnt gewesen. Geschweige denn bekifft, wo kämen wir da hin! Oder, schlimmer noch, auf Dope. Für eine Tochter aus gutem Haus, die ein Einser-Abi hingelegt hatte, gehörte sich so was nicht. Aber damit, wie mit den Moralpredigten ihrer Eltern, war jetzt Schluss. Endlich, nach sage und schreibe 19 Jahren, durfte sie tun und lassen, was sie wollte.

Endlich, wurde aber auch Zeit.

Der Umzug nach West-Berlin, wo sie einen Studienplatz an der FU ergattert hatte, war ein Geschenk des Himmels gewesen. Hier hatte sie genau die Leute kennengelernt, die es in dem Kuhkaff, aus dem sie stammte, nicht gab. Verglichen mit daheim war jeden Abend etwas geboten, vom dem, was politisch am Laufen war, gar nicht zu reden. Happenings, Demos, Sit-ins, hin und wieder ein bisschen Randale oder einfach nur Klamauk, in dieser Stadt konnte man es aushalten. Nur gut, dass ihre Eltern nichts mitbekamen. Die wären vor Schreck glatt in Ohnmacht gefallen. Und darum: Happy birthday, Malu! Auf dich und dein neues Leben. »He, kriegst du überhaupt noch was mit?«

The time to hesitate is through. Genau. Jim Morrison, ihr absolutes Idol, hatte den Nagel auf den Kopf getroffen. Was gestern war, das private Mädchengymnasium mitsamt seinen bigotten Ordensschwestern, ihr Heimatort im Allgäu, wo sich Fuchs und Hase gute Nacht sagten, das Spießrutenlaufen beim Kirchgang, die naseweisen Nachbarn, das dämliche Getratsche, das scheinheilige Getue, wenn man Leute traf, die man nicht riechen konnte – all das war unwiderruflich vorbei. Ab heute, im Kreis ihrer Freunde von der Uni, würde ein neues Leben beginnen. Ein Leben, von dem sie nicht zu träumen gewagt hätte.

Try now, we can only lose. Komm schon, du hast nichts zu verlieren. Sei kein Frosch, Marie-Luise. Mein Gott, wie sehr sie diesen Namen hasste. Ma-rie Lu-i-se. Hatte sie ihrer Mutter zu verdanken, der spießigen Kuh. Marie-Luise tu dies, Marie-Luise tu das. Marie-Luise, du weißt genau, das gehört sich nicht. Gegen ihre Gardinenpredigten, die beinahe im Stundentakt über sie hereingeprasselt waren, war kein Kraut gewachsen gewesen. Wie Papa es so lange mit ihr ausgehalten hatte, war ihr echt ein Rätsel. Aber was soll's!, dachte sie, während sie die Hand ihrer Zufallsbekanntschaft auf dem Oberschenkel spürte. Mit dem Getue war jetzt Schluss. Ab jetzt konnte sie tun und lassen, was sie wollte. Ab jetzt war Flower-Power angesagt, ohne Rücksicht darauf, was andere dachten oder sagten. Sollten sie sich daheim in der Provinz doch die Mäuler zerreißen, wenn sie wollten. Die konnten sie alle mal, die nervige Verwandtschaft mit inbegriffen. Wie lautete das Motto ihrer neuen Freunde doch gleich? Genau: High sein, frei sein, Sunshine muss dabei sein!

Und überhaupt: Sunshine. Die kleinen gelben Pillen, die leichter erhältlich waren als ein S-Bahn-Ticket. In Bullen- und Spießerkreisen auch LSD genannt. Das Zeug hatte es wirklich in sich.

Das haute rein, dass es einem die Schuhe auszog.

»Jetzt hab dich nicht so, Baby.« Also wirklich, der Typ hatte ja wohl nicht mehr alle Tassen im Schrank. Begrapschen lassen, und das vor versammelter Mannschaft. Da musste er sich eine Dümmere raussuchen. »Oder willst du, dass sie dich zur Ehrenjungfrau ernennen?«

Also wirklich, da hörte ja wohl alles auf. Finger weg, oder ich hau dir eine runter.

Nichts wie raus hier. Aus allen Träumen gerissen, wollte sie sich losreißen. Aber es war zu spät. Ihre Arme versagten den Dienst, und in ihrem Kopf, wo sich Gedankenfetzen, die Musik der Doors und aufkeimende Panik zu einem unentwirrbaren Knäuel verheddert hatten, herrschte keine Ordnung mehr.

Stattdessen blieb sie einfach liegen, die Gliedmaßen schwer wie Blei und ein Keuchen im Ohr, das von Sekunde zu Sekunde anschwoll, außer Kontrolle geriet und sich zu unkontrolliertem Hecheln steigerte. Und dann erst die Berührungen, die sie, je mehr das Tier über ihr in Rage geriet, überall an ihrem Körper spürte. Einfach überall, ohne Rücksicht darauf, ob ihr danach zumute war oder nicht.

Und ohne jegliches Schamgefühl.

And our love will become a funeral pyre. Wie recht du doch hast, Jim. Aus der LSD-Pille, die sie eingeworfen hatte, war ein Horror-Trip geworden.

Ein Trip, aus dem sie, auf den Tag genau 19 Jahre alt, nie mehr erwachen würde.

ZWÖLF STUNDEN SPÄTER

ERSTES KAPITEL

(West-Berlin, Samstag, 12. Oktober 1968)

RÜCKTRITT

Duensing geht in Pension
Abgeordnetenhaus
beriet den Untersuchungsbericht

Das Berliner Abgeordnetenhaus hat gestern die vorzeitige Pensionierung von Polizeipräsident Erich Duensing gebilligt. In einem Schreiben, das kurz vor Beginn der Sitzung einging, bat Duensing, ihn zum Jahreswechsel in den Ruhestand zu versetzen. Gleichzeitig ersuchte der Polizeipräsident darum, ihn aus gesundheitlichen Gründen sofort von seinen Dienstgeschäften zu entbinden. Die Sensation der Sitzung des Abgeordnetenhauses kam eine Minute vor ihrem Ende.

(»*B.Z.*«, 23. September 1967)

02

Berlin-Tiergarten, Abteilung K der Zentralen Kriminaldirektion in der Keithstraße 28-32 | 07.30 h

Noch mal, weil's so schön war. Da musst du durch, Herr Kriminalhauptkommissar.

Am Samstag, den 2. März 1968 betrittst du in Begleitung des langjährigen Kollegen Krokowski und des Kriminalassistenten Waldenmaier das Anwesen in der Schopenhauerstraße in Nikolassee, um der des Mordes verdächtigten Doreen Rattke das Handwerk zu legen. Mit von der Partie ist Magdalena Redlich, jahrzehntelang Haushälterin einer Familie, die zu den Spitzen der Berliner High Society zählt – beziehungsweise zählte. Nie im Leben, und schon gar nicht in diesem Moment, hättest du dir vorstellen können, was dir und den beiden Kollegen blüht.

Zunächst hat es den Anschein, als handele es sich um einen Routinefall, als sei dies eine Vernehmung, wie du sie in deiner Laufbahn bei der Kripo Berlin schon Dutzende Male durchexerziert hast. Die Beschuldigte, schlappe 27 Jahre jünger als der in der Baubranche tätige Gemahl, macht einen auf Grimms Märchen, lügt, dass sich die Balken biegen, und beteuert ihre Unschuld. Rabiat ausgedrückt, sie will dich zum Affen machen.

Dank der Aussage ihrer Haushälterin und der Ermittlungen in Sachen Rattke steht jedoch fest, dass die verführerische junge Dame Dreck am Stecken hat. Kurz gesagt, du hegst nicht den geringsten Zweifel, dass es sich bei dem dunkelhaarigen Luxusweibchen um eine, gelinde gesagt, eiskalte und mit allen Wassern gewaschene Mörderin handelt. Um eine Kriminelle, die nicht davor zurückschreckt, zwei Männer über den Haufen zu schießen, um in den Besitz der verloren geglaubten Partituren aus dem Frühwerk von Richard Wagner zu gelangen. Motiv: Habgier, sind – oder vielmehr waren – die im Besitz eines gewissen Adolf Hitler befindlichen Originale doch zum Tatzeitpunkt sage und schreibe zwei Millionen D-Mark wert. Genug, um ein sorgenfreies Leben an der Seite des 25-jährigen Geliebten und Sprösslings des in die Jahre gekommenen Gatten führen zu können, der – welche Tragik! – just am selben Tag bei einem Frontalzusammenstoß das Zeitliche segnet.

Manipulation der Bremsen. Schlau eingefädelt, oder?

Nicht abschweifen, Tom, bleib beim Thema. Ob die Beschuldigte zwei, drei oder noch mehr Opfer auf dem Gewissen hat, spielt keine Rolle, so kaltherzig sich das auch anhören mag. Hier geht es um dich, Herr Kriminalhauptkommissar. Um dich und um die Frage, ob die Katastrophe, zu der es an besagtem Samstagvormittag kam, hätte vermieden werden können.

Erinnern wir uns. Im gleichen Moment, als du die Tatverdächtige im Beisein ihres Geliebten in die Mangel nimmst, öffnet Magdalena Redlich die schwarzweiß gestreifte Handtasche, welche sie bis dato wie ein Maskottchen umklammert hat, zückt eine Pistole der

Marke Browning und tötet die Ehefrau des Mannes, für den sie zeitlebens Mutterstelle eingenommen hat. Danach, als sei nichts geschehen, richtet sie die Waffe auf deren Geliebten, der, wie schon zuvor die verhasste Hausherrin, mit einem einzigen Schuss niedergestreckt wird. Bevor du oder die konsternierten Kollegen eingreifen können, blickt Magdalena Redlich in die Runde, hebt die Browning an die rechte Schläfe, atmet durch, lächelt – und drückt ab.

Aus und vorbei, Fall erledigt? Von wegen. Wie genau die Presse Wind vom blutigen Ende des Familiendramas bekommen hat, wissen die Götter. Gut möglich, dass dies mithilfe eines Maulwurfs geschehen ist, der im Sold eines über die Grenzen von West-Berlin hinaus bekannten Verlagshauses steht und keine Skrupel hat, die Hyänen von der Boulevardpresse mit Kadavern zu versorgen. Wer oder wie auch immer, die Toten sind noch nicht unter der Erde, als ein Sturm losbricht, der in den Annalen der nicht gerade zimperlichen Revolverblätter von West-Berlin seinesgleichen sucht. Die Polizei im Allgemeinen und ein gewisser Hauptkommissar im Besonderen werden mit Vorwürfen regelrecht bombardiert, wobei das Wort ›Schlamperei‹ im Vergleich zu anderen Vokabeln eine eher milde Bezeichnung für das angebliche Versagen der beteiligten Beamten darstellt.

Und so kommt es, wie es hatte kommen müssen. Um ihren Hintern zu retten, ergreifen die Polizeioberen die Flucht nach vorn und kündigen Konsequenzen an. Was genau darunter zu verstehen ist, bekommst du wenig später aus dem Mund von Karl-Theodor zu Hock-Schwartenberg, seines Zeichens Leitender Kriminalrat, zu hören. Dein innig geliebter Vorgesetzter, den du liebend gern auf den Mond oder am besten in ein anderes Sonnensystem schießen würdest, lässt dich mit scheinheiliger Miene wissen, dass auf Anordnung von ganz oben gegen die bei der Vernehmung beteiligten Beamten ein Verfahren wegen Verletzung der Dienstpflichten eingeleitet werden soll. Und das, wie alle Beteiligten wissen, aus mehr als fadenscheinigen, sprich: an den Haaren herbeigezogenen Gründen.

Wenn das kein Schlag unter die Gürtellinie war, was denn dann?

Was nun, Herr Hauptkommissar – so lautet einmal mehr die Frage.

›Betrifft: Stellungnahme in Bezug auf das laufende Verfahren betreffs Pflichtverletzung im Dienst.‹ Tom Sydow, seit über 30 Jahren in Diensten der Kripo Berlin, stieß ein Lachen aus, das in puncto Bitterkeit keine Wünsche offen ließ, öffnete die Schreibtischschublade und ließ das mit dem Dienststempel des Polizeipräsidenten versehene Schreiben darin verschwinden. Übermorgen, das heißt am kommenden Montag, würde die Welt womöglich anders aussehen, wenngleich kein Anlass bestand, auf die Hilfe seiner Vorgesetzten zu bauen. Hock-Schwartenberg hatte nur darauf gewartet, ihm eins auszuwischen, und wie die Dinge lagen, standen die Aussichten dazu nicht schlecht.

»Kopf hoch, alter Junge – kein Grund, den Kopf in den Sand zu stecken.« Selbstgespräche, das fehlte gerade noch. Um auf andere Gedanken zu kommen, griff Sydow nach der Wochenendausgabe der ›Morgenpost‹, setzte seine Brille auf und warf einen Blick auf Seite fünf, wo seine Lektüre durch das Eintreffen der Dienstanweisung unterbrochen worden war. Entgegen den Hoffnungen, die er hegte, besserte sich seine Laune jedoch nicht. Schuld daran war eine Notiz, die mit der Überschrift ›Gericht sah Film‹ versehen war. Gerade einmal 13 Zeilen lang, aber lang genug, um Sydow einmal mehr ein verständnisloses Kopfschütteln zu entlocken. Wie so häufig, wenn die Tumulte nach dem Attentat auf Rudi Dutschke zur Sprache kamen, wurde seine Geduld auch jetzt auf die Probe gestellt. Das zuständige Gericht, so der Artikel, wolle sich mithilfe eines Tonfilms aus Beständen des SFB ein Bild über die Vorgänge vom 11. April dieses Jahres machen, als es vor dem Springer-Hochhaus zu gewaltsamen Tumulten gekommen war. ›Im Rechtsstreit, den das Verlagshaus Axel Springer und Sohn und die Ullstein-GmbH gegen Rechtsanwalt Horst Mahler führen, ließ sich das Gericht gestern einen Tonfilm vorführen.‹ Einen Tonfilm, aha. Das musste man sich auf der Zunge zergehen lassen. Sydow lachte bitterböse in sich hinein. Als ob das, was vor einem halben Jahr los gewesen war, überhaupt der Klärung bedurfte. Auf Rudi Dutschke, Galionsfigur der Studentenproteste und Enfant terrible schlechthin, war am Ku'damm ein Pistolenattentat verübt worden, nicht die erste Gewalttat, durch die Berlin in die Schlagzeilen geriet. Zwar war der Täter, ein gewisser Josef Bachmann, kurz darauf gefasst worden, aber das hatte an den Vorgängen, welche die ganze Stadt in Atem hielten, nichts mehr ändern können. Noch am gleichen Abend waren mehrere Tausend Studenten von der TU zum Springer-Hochhaus nach Kreuzberg gezogen, wo es zu Krawallen, Steinwürfen auf die Glasfassade und dem – geglückten – Versuch gekommen war, Lieferfahrzeuge des Verlagshauses in Brand zu stecken. Mit beteiligt und einer derjenigen, die zum gewaltsamen Sturm des Gebäudes aufriefen, war ein gewisser Horst Mahler gewesen, 32 Jahre alt und von Beruf Rechtsanwalt. Der Mann, der sich für seine Beteiligung an den Krawallen rechtfertigen musste.

Soweit die Fakten.

»Reg dich ab, alter Miesmacher, auf die Tour machst du es nicht besser.« Verdammt, jetzt war es aber genug mit dem Gefasel. Anscheinend wurde er wirklich alt. Das Kinn auf die verschränkten Hände gestützt, setzte Sydow seine Tour d'Horizon fort. Kein Freund der Boulevardpresse und schon gar nicht des Käseblatts, das angeblich niemand las, hielt sich sein Verständnis für die Protestierenden in Grenzen. Klar, jeder, und seien die Forderungen noch so bizarr, hatte das Recht, frei und offen seine Meinung zu bekunden. Schließlich lebte man nicht mehr im Dritten Reich. Aber was hier seit geraumer Zeit los war, damit hatte er so seine Schwierigkeiten. Berlin war einfach nicht mehr das, was es bis vor wenigen Jahren gewesen war, und Sydow meinte es genau so, wie er es sagte. Nicht genug, dass die Stadt in zwei Hälften geteilt und von Normalität nicht viel zu spüren war, hatten sich Dinge zugetragen, die er nie und nimmer für möglich gehalten hätte. Zugegeben, was den schmutzigen Krieg betraf, den die Amerikaner in Vietnam führten, da konnte man nachvollziehen, dass es zu Protesten kam. Es ging einfach nicht an, wenn ganze Landstriche in eine Trümmerwüste verwandelt und Dörfer wie auch Städte im Namen der Freiheit in die Steinzeit zurückgebombt wurden. Auf die Art, da war er sich sicher, würden die Amis keinen Fuß in die Tür bekommen, schon gar nicht mithilfe von Napalm-Bomben, Agent Orange oder wie das Teufelszeug, mit dem sie den Vietcong auf die Pelle rückten, auch immer heißen mochte. Nichts schadete der Sache des Westens mehr als die Gräuel, zu denen es tagtäglich kam, da waren sich Sydow und der Großteil der Berliner einig. Und nichts brachte die Amerikaner mehr in Misskredit als die Bilder, die jeden Abend über die Mattscheibe flimmerten.

Wie gesagt, was das betraf, konnte er den Unmut der Protestler nachvollziehen. Aber musste es unbedingt sein, dass LKWs angezündet, Scheiben zertrümmert und seine Kollegen, die in Kreuzberg Dienst schoben, als Bullenschweine tituliert und mit Knüppeln traktiert wurden? Musste es unbedingt sein, dass Meinungsverschiedenheiten mithilfe von Molotow-Cocktails, Schlägereien und gegenseitigen Beschimpfungen ausgetragen wurden? Man konnte es drehen und wenden, wie man wollte, mit Gewalt würden die Protestierenden auf keinen grünen Zweig kommen. Auch da war Sydow sich hundertprozentig sicher.

20 vor acht, Zeit für den – mittlerweile zweiten – Muntermacher. Im Wissen, bei den Betreffenden auf taube Ohren zu stoßen, ließ Sydow die Politik Politik sein, erhob sich und durchquerte sein Büro, um Kaffee aufzusetzen. Zwei gehäufte Löffel pro Henkeltasse, damit er auf Touren kam. So war es guter Brauch. Mit Krokowski, dem langjährigen Kollegen und Partner, gab

es deswegen zwar regelmäßig Stunk, aber da sein Alter Ego erst um zwei eintrudeln würde, konnte er seinem Hang zu Koffein-Trips frönen.

Hm, wenn das nicht guttat, dann wusste er auch nicht mehr. Die dampfende Henkeltasse in der Hand, schloss Sydow verzückt die Augen. Stark genug, um einen Elefanten umzulegen, so und nicht anders musste es sein. Und dazu ein Sandwich nach Art des Hauses, mit drei Scheiben Käse, reichlich Ketchup, einem weich gekochten Ei und Speckstreifen bis zum Abwinken. Gift für die schlanke Linie, aber Balsam für die Kriminalistenseele. Ein, zwei Bissen – und die Welt sah auf einmal ganz anders aus.

Vorausgesetzt, man wurde bei seinen Gaumenfreuden nicht gestört.

»Herein, wenn's kein Politiker ist.« Oder man bekam, wie im vorliegenden Fall, vor Überraschung den Mund nicht zu. »Du hier? Na, jetzt haut es mich aber gleich vom Sockel!«

Um eine Hoffnung ärmer, gab Sydow einen fatalistischen Klagelaut von sich, legte das Sandwich auf den Teller und begrüßte seine Stieftochter, die mit Leichenbittermiene den Raum betrat. Seit seinem letzten Zusammentreffen mit Veronika waren mehr als sieben Monate vergangen, und da zwischen ihr und seiner Frau Funkstille herrschte, war Sydows Überraschung nur zu verständlich. »Setz dich, Vroni, so viel Zeit muss sein.«

»Wenn es dir nichts ausmacht, würde ich lieber stehen.«

»Die Jugend von heute, immer in Eile.« Früher, das heißt bis vor circa fünf Jahren, hatte Veronika wie das

Ebenbild ihrer Mutter in jungen Jahren ausgesehen. Schlank, dunkelblondes Haar, blaue Augen und ein lebhaftes und stets zu Scherzen aufgelegtes Naturell, genau so sah Lea, die er mit 17 aus den Augen verloren und mit 40 per Zufall wiedergetroffen hatte, immer noch aus. Davon, das musste er wehmütig einräumen, war bei der mittlerweile 30 Jahre alten Dozentin für Philosophie an der FU so gut wie nichts übrig geblieben. Aus Vroni, wie er sie kurz vor seiner Heirat vor 15 Jahren kennengelernt hatte, war eine jener Frauen geworden, um die Sydow einen Riesenbogen machte, und das nicht ohne Grund. Leas Tochter hatte sich auf die Fahnen geschrieben, ihr Leben nach eigenen Vorstellungen zu leben. Dass diese Einstellung zum Scheitern ihrer Ehe mit einem Kommilitonen entscheidend beigetragen hatte, wollte sie nicht wahrhaben. Bei Veronika war die von Männern dominierte Gesellschaft und ihre, wie sie es ausdrückte, fortschreitende Entmündigung durch eine patriarchalisch strukturierte Gesellschaft an allem schuld. Gefragt, wie sie sich ihre Zukunft vorstelle, besaß sie jedoch keine klaren Vorstellungen. Klar war indes, dass Hajo, von dem sie sich vor einem Jahr getrennt hatte, dabei keine Rolle mehr spielte. Um ein von Zwängen unbeeinträchtigtes Leben zu leben, hatte Vroni ihrem Ehemann den Laufpass gegeben und die gemeinsame Wohnung in Begleitung seines Enkels bei Nacht und Nebel verlassen. Lea, und er selbst natürlich auch, war beim Eintreffen der Hiobsbotschaft am Boden zerstört gewesen – und war es leider immer noch.
»Sprich dich aus, Veronika – was liegt an?«

»Mein Scheidungstermin.«

»Dein ... dein was?«

»Jetzt tu nicht so, Tom. Du weißt doch genau, dass zwischen Hajo und mir nichts mehr läuft.«

Einsilbig, schmallippig, kratzbürstig – kaum zu glauben, was aus dem Sonnenschein früherer Jahre geworden war. »Trotz allem schade, findest du nicht auch?«

»Deine Männerfreundschaft mit deinem Möchtegern-Schwiegersohn in allen Ehren, Tom. Aber das ist momentan nicht der Punkt.«

»Sondern?«

»Um das Sorgerecht zu bekommen, brauche ich Leute, die ...« Die Lippen glatt wie ein Strich, rang die 30-Jährige nach Worten. »Herrje, du weißt doch, wie viele Steine einem bei so was in den Weg gelegt werden, oder?«

»Ach, daher weht der Wind.« Auf dem Boden der Tatsachen angelangt, wandte sich Sydow ab, durchquerte den Raum und nahm hinter seinem Schreibtisch Platz. »Wie ich dich kenne, willst du von einem Kompromiss nichts hören, hab ich recht?«

Die Gesichtszüge der jungen Frau verhärteten sich. »Kompromiss, das sagt gerade der Richtige!«

»Wieso, was hab ich denn verbrochen?«

»Jetzt komm schon, Tom«, erwiderte die mit Jeansjacke, verwaschenen Hosen und Rollkragenpulli bekleidete Frau, ein Lächeln im Gesicht, das so schnell verschwand, wie es gekommen war. »Du weißt genau, was ich meine.«

»Ach so, na dann.« Und ob er das wusste. Um Zeit zu gewinnen, faltete Sydow die ›Morgenpost‹ zusammen und tat so, als habe er zu tun. Unter Bekannten im Allgemeinen und seinen Kollegen im Besonderen galt er als eigenwilliger, um nicht zu sagen schwieriger Typ, was, wie er selbst am besten wusste, von der Wahrheit nicht allzu weit entfernt war. Beinahe legendär war seine Abneigung gegen Konferenzen, Lagebesprechungen, Strategiediskussionen und Fortbildungsveranstaltungen, um die er sich drückte, wann immer sich die Möglichkeit bot. Dass er sich damit keine Freunde machte, lag auf der Hand, aber dank der Verdienste, auf die er zurückblicken konnte, ließen ihn seine Vorgesetzten gewähren. Trotz seiner Marotten und einer gehörigen Portion Eigenwilligkeit nebst der Gewohnheit, frei nach Schnauze zu reden, war und blieb Sydow eben ein Preuße der alten Schule. Sogar von Lea musste er dafür die eine oder andere Frotzelei in Kauf nehmen, aber da er wusste, wie es gemeint war, machte er sich nichts daraus. »Wer austeilt, muss auch einstecken können«, pflegte seine bessere Hälfte zu sagen, und damit traf sie den Nagel auf den Kopf.

Außer durch seine Statur, die stattliche 1,92 Meter umfasste, stach Sydow vor allem durch seinen Humor hervor, den wohlmeinende Zeitgenossen als »very British« betrachteten. Diesen als Erbstück seiner englischen Mutter zu bezeichnen, die einen aus der Gegend von Neuruppin stammenden Krautjunker und Karrierediplomaten geehelicht und nach zehn Jahren Ehe verlassen hatte, war nicht gänzlich abwegig. Dessen ungeachtet, konnte Sydow es auf den Tod nicht ausstehen, wenn man ihn in den gleichen Topf wie seinen Vater warf, schon gar nicht, wenn man ihn mit ›von‹ anredete. Trotz wortreicher Beteuerungen konnte er ihn dennoch nicht verleugnen, ein wunder Punkt, der von Sydows Vergangenheit herrührte. Während es der begüterte Vater bis zum Spitzenbeamten unter Reichsaußenminister von Ribbentrop gebracht hatte, war der Sohn 1942 nach England geflüchtet und im wahrsten Sinne des Wortes weg vom Schuss gewesen. Herumzusitzen und mitzubekommen, wie Berlin in Schutt und Asche versank, hatte ihm schwer zugesetzt, fast so sehr wie die Kommentare, die er sich nach seiner Rückkehr anhören musste. Für die meisten, mit denen er in Berührung kam, war er keiner der Ihrigen mehr gewesen, »kein echter Berliner«, um einen Kollegen bei der Kripo zu zitieren. Von manchen war er sogar als Feigling und mitunter sogar als Vaterlandsverräter tituliert worden, aber da er wusste, aus welcher Ecke die Anfeindungen kamen, hatte er komplett auf Durchzug gestellt.

An allem, so Sydows nachträgliches Fazit, war eben der Krieg schuld gewesen, auch daran, dass das Verhältnis zu seinem Vater in die Brüche gegangen war. Für Reue, wie auch für ehrlich gemeinte Vorsätze, war es bei Sydows Rückkehr in die Ruinenlandschaft namens Berlin jedoch zu spät gewesen. Beim bislang schwersten und verheerendsten Luftangriff auf die Reichshauptstadt war Sydows Vater am 3. Februar 1945 ums Leben gekommen. Damit, wie auch mit dem distanzierten Verhältnis zu seiner in London lebenden Mutter, würde er auch in Zukunft leben müssen. Ein Unterfangen, das, je älter er wurde, desto schlechter gelang.

»Also, was ist: Hilfst du mir oder hilfst du mir nicht?«

»Immer mit der Ruhe, so schnell schießen die Preußen nicht.« Vaters Lieblingsspruch, das passte wie die

Faust aufs Auge. Eine Mark für jeden Anlass, bei dem sein alter Herr Gebrauch davon gemacht hatte, und Thomas Randolph, Letzter der Neuruppiner Filiale derer von Sydow, hätte vorzeitig in Rente gehen können. Sydow seufzte gequält auf. Ein Blick in den Frisierspiegel, der über dem Waschbecken hing, und man wusste Bescheid. Von dort blickte ihm nämlich genau jener Mann entgegen, mit dem er zeitlebens auf Kriegsfuß gestanden hatte. Reserviert, in null Komma nichts auf 180 und zuweilen so barsch, dass die Kollegen einen Bogen um ihn machten. Ausstaffiert mit einem markanten Kinn und einem Blick, der so manchen Ganoven das Fürchten gelehrt hatte. Das dichte rotblonde Haar und die ein wenig zu spitz geratene Nase, ein eher bescheidenes Erbteil seiner Mutter, nicht zu vergessen. Tja, der Apfel, wie Lea nicht ohne Berechtigung zu spötteln geruhte, der Apfel fiel auch in seinem Fall nicht weit vom Stamm.

Eine Redensart, die, was sie energisch bestritt, mitunter auch auf ihre Tochter zutraf. »Wenn nicht, musst du es mir nur sagen.«

»Gestattest du mir eine Bemerkung, Veronika?«

»Nur zu, wenn's der Wahrheitsfindung dient.«

»Bitte tu mir den Gefallen und lass mich mit deinen APO-Sprüchen in Ruhe. Damit kannst du bei mir nicht landen.«

»Ich weiß. Wäre ja auch ein bisschen viel verlangt.«

»Irre ich mich, oder bist du eine Geborene von Oertzen?«

Veronika Marquard schoss die Zornesröte ins Gesicht. »Zu deiner Information, Tom«, giftete sie, die

Zornesader an der Stirn rot angeschwollen, »im Gegensatz zu dir und Mutter habe ich mit meiner Vergangenheit gebrochen, ob du es wahrhaben willst oder nicht.«

»In welchen Kreisen du verkehrst, Vroni, ist deine Sache, aber müssen es unbedingt diese Salon-Revolutionäre sein?«

»Darf man fragen, wen du damit …«

»Na, wen denn wohl!«, fiel Sydow seiner Stieftochter ins Wort, bemüht, sein ungestümes Temperament zu zügeln. »Adorno, Marcuse, Kunzelmann, Langhans, Fritz Teufel, Rudi Dutschke, du hast die Wahl.«

»Denn sie säen Wind und werden Sturm ernten, schon mal gehört?«

»Was soll das werden, Vroni – eine Bibelstunde?«

»Gegenfrage. Was dagegen, wenn ich dein Gedächtnis auffrische?«

Sydow lächelte gequält. »Komm mir bitte nicht mit dem 2. Juni, Veronika. Das haben wir schon so oft durchgekaut.«

»Stimmt.« Der Mundwinkel der jungen Frau kräuselte sich. »Kapiert hast du aber trotzdem nichts.«

»Tut mir leid, aber ich wüsste nicht, was es dabei zu …«

»Kapieren gäbe? Alles, was recht ist, aber machst du es dir da nicht ein bisschen leicht?« Die Lippen fest zusammengepresst, baute sich Sydows Stieftochter vor dem Schreibtisch auf. »Du erlaubst, dass ich dein Gedächtnis ein wenig auffrische? Am 2. Juni wird nach einer friedlichen Demonstration vor der Deutschen Oper …«

»Friedlich? Kommt drauf an, was man darunter versteht.«

»Lass mich bitte ausreden, Tom. So läuft das nicht bei mir.« Die Handfläche auf der Tischplatte, machte die Akademikerin aus ihrem Herzen keine Mördergrube. »Fassen wir zusammen, damit ich deine kostbare Zeit nicht vergeude. Während sich die Prominenz, allen voran der Schah samt Gattin, in Anwesenheit des Bundespräsidenten und des Regierenden an den Klängen von Mozarts ›Zauberflöte‹ ergötzt, wird unweit der Oper einer meiner Kommilitonen von einem Kriminalobermeister, also von einem *deiner* Kollegen, hinterrücks ermordet. Heißt, aus kurzer Entfernung in den Hinterkopf geschossen. Oder, was der Wahrheit vermutlich am nächsten kommt, exekutiert.«

»Jetzt mach aber mal halblang, Vroni. Das glaubst du doch wohl selbst nicht.«

»Hatte das Opfer eine Waffe bei sich, ja oder nein?«

»Nein, aber …«

»Na also. Mehr wollte ich nicht hören.« Der Blick von Sydows Stieftochter verengte sich. »Friedliche Demonstranten über den Haufen schießen, nennst du das etwa Demokratie?«

»So leid es mir tut, Veronika, aber was das betrifft, kannst du leider nicht mitreden.«

»Nicht schon wieder, Tom, bitte tu mir den Gefallen! Nicht schon wieder die alte Leier vom widerständigen Kriminalkommissar, der von der Gestapo durch halb Berlin gehetzt wird, um anschließend mit Haaresbreite nach England zu flüchten, wo er bis Kriegsende eine ruhige Kugel schiebt.«

»Jetzt ist es aber genug, verdammt noch mal!« Außer sich vor Wut, sprang Sydow auf. Noch so eine Bemerkung, und ihm würde der Gaul durchgehen. »Halt die Luft an, Vroni, oder du lernst mich kennen.«

»Was ist denn auf einmal in dich gefahren, Tom?«, lautete die höhnische Replik, »so kenne ich dich ja gar nicht.«

»Weißt du überhaupt, wovon du redest? Weißt du, wie es in einer Diktatur zugeht? Wenn nicht, mach mal eine Spritztour nach drüben, damit du siehst, welcher Wind bei den Genossen weht. Und bevor du mir wieder mit Mao, Onkel Ho oder Säulenheiligen wie diesem Guevara kommst, merk dir eins: Durch deine rosarote Brille sieht alles ganz anders aus, glaub bloß nicht, dass es Spaß macht, in so einem Land zu leben. Alles, was recht ist, Vroni, aber du und deine Kumpane von der APO – ihr seht nur, was ihr sehen wollt.«

»Lieber dort leben als auf dem Ku'damm zusammengeknüppelt werden – oder hinterrücks erschossen, wenn man Pech hat.« Veronika Marquard setzte ein vielsagendes Grinsen auf. »Wenn wir gerade davon reden: Warst du dabei, als es passiert ist, oder machst du dich zum Sprachrohr deiner Kollegen?«

»Sagen wir mal so, ich war froh, dass ich an dem Abend freihatte. Dadurch blieb mir einiges erspart.«

»So kann man es natürlich auch sehen.«

»Jetzt hör mir mal gut zu, Veronika«, erwiderte Sydow, umrundete den Schreibtisch und redete seiner Stieftochter gut zu. »Ob du es glaubst oder nicht, ich kann deinen Unmut verstehen.«

»Na also, dann ist ja alles in Ordnung.«

»Gar nichts ist in Ordnung, das weißt du so gut wie ich.« Müde der Diskussionen, legte Sydow eine Verschnaufpause ein. »Sonst wären der Polizeipräsident und der Regierende ja nicht zurückgetreten.«

»Du denkst doch nicht etwa, damit sei es getan?«

»Nein, natürlich nicht. Selbst wenn die beiden in den Knast kämen, das macht den jungen Mann nicht lebendig.«

»Er hieß Benno, Tom. Benno Ohnesorg.«

»Ich weiß, stell dir vor.« Sydow zwang sich zu einem Lächeln, suchte den Blick seiner Stieftochter und ließ die Hand auf ihrer linken Schulter ruhen. »Wie wär's, wenn wir das Kriegsbeil begraben, nicht mehr von Politik reden und in der Mittagspause zusammen essen …«

»Tut mir leid, Tom, aber das geht nicht. Ich muss spätestens um zehn in der Uni sein.«

»Schade.«

Die junge Frau erwiderte Sydows Lächeln. »Brötchen verdienen, ohne Kohle geht es nun mal nicht.«

»Und was macht der Kleine?«

»Dem geht's gut.«

»Immer noch in einem … Wie heißen die Dinger doch gleich?«

»Kinderladen.«

»Antiautoritäre Erziehung, na dann Prost Mahlzeit.«

»Korrigier mich, wenn ich unter Halluzinationen leide: Aber waren wir nicht dabei, das Kriegsbeil zu begraben?«

Sydow machte eine beschwichtigende Geste. »Schon gut, schon gut, ich nehme an, du weißt, was du tust.«

»Oh ja, mach dir da mal keine Gedanken.«

Sydow atmete tief durch. »Na, dann will ich mal wieder an die Arbeit gehen!«, sagte er, wandte sich ab und machte Anstalten, sich hinter dem Schreibtisch zu verschanzen. »Leider erledigt sich der Kram nicht von alleine.«

»Und was ist mit deiner Aussage vor Gericht?«

»Sagen wir mal so, ich lasse mir die Sache durch den Kopf gehen.«

»Wenn's geht, bitte nicht zu lange.«

»Und wieso nicht? Steht der Termin schon fest?«

»Ja«, gestand die Angesprochene und wich dem Blick ihres Stiefvaters aus. »Am Montag in einer Woche ist es so weit.«

»Was, schon so früh?« Die Handflächen auf den Knien, schüttelte Sydow den Kopf. »Du weißt, dass deine Mutter in Kur musste?«

»Nein.«

»Und du weißt auch nicht, warum?«

Betretenes Schweigen.

»Wie auch, hast dich ja über ein Jahr lang nicht blicken lassen.«

»Anderes Thema, Tom. So kommen wir auf keinen grünen Zweig.«

Sydow tat so, als habe er die Bemerkung überhört. »Erst rede ich mit Lea, dann sehen wir weiter.«

»Wie du meinst.« Im Begriff zu gehen, drehte sich Sydows Stieftochter um. »Da wäre noch etwas, Tom.«

»Noch was, muss das sein?«

»Nichts Familiäres, keine Angst.«

»Sondern?«

»Ich mache mir Sorgen um eine meiner Studentinnen.«

»Wieso, schwänzt sie die Vorlesungen?«

»Ich weiß nicht, vielleicht schieße ich übers Ziel hinaus, aber ...«

»Raus damit, Vroni, wo liegt das Problem?«

»Kann sein, dass ich langsam weiße Mäuse sehe. Egal, irgendwas stimmt mit dem Mädchen nicht, da bin ich sicher.«

»Das da heißt?«

»Marie-Luise Lieberknecht, Spitzname Malu. Kommt ins dritte Semester, studiert Französisch und Philosophie. Stammt aus einem Provinzkaff in Bayern. Einserschülerin, soweit ich weiß. Hat die 11. Klasse übersprungen.«

»Die Berliner Luft, da haben wir's wieder.«

»Zieh nicht immer alles ins Lächerliche, Tom. Ich mache mir Sorgen, sonst würde ich dich nicht behelligen.«

Die Antwort bestand aus einem gequälten Seufzen. »Und wie kommst du darauf, dass ihr etwas zugestoßen ist? Das ist es doch, was du andeuten willst, oder?«

Veronika Marquard nickte. »Wie gesagt, ich hab das Gefühl, da ist was im Busch. Eigentlich hätte sie schon längst ihre Seminararbeit abgeben müssen, schon vor knapp zwei Wochen, um es genau zu sagen. Weißt du, bei jedem anderen in meinem Kurs hätte ich mir nichts dabei gedacht, aber bei Marie-Luise ... Begabt, diskussionsfreudig, engagiert, politisch aktiv, strebsam, um nicht zu sagen übermotiviert – und dann taucht sie von jetzt auf nachher nicht mehr auf.«

»Seit wann hast du sie nicht mehr gesehen?«

»Lass mich mal überlegen.« Sydows Stieftochter hielt mit gerunzelter Stirn inne. »So genau weiß ich es auch nicht, aber drei, vier Monate sind es bestimmt.«

»Und wie oft kommt so etwas vor?«

»Nicht so oft, wie du vielleicht denkst. Momentan ist hier allerhand los, das weißt du so gut wie ich. Gar nicht so einfach, bei der Stange zu bleiben. Hier eine Demo, da ein Sit-in, eine Fete, ein Konzert, ein Happening und was es sonst noch gibt, das das Studentenherz erfreut.«

»Sie heißt Lieberknecht, sagst du?«

»Ja, wieso fragst du?«

»Moment, haben wir gleich.« Sydow kramte in seinen Unterlagen, was angesichts der Unordnung auf seinem Schreibtisch geraume Zeit in Anspruch nahm, und förderte eine Liste zutage, auf der ein Dutzend Namen samt den dazugehörigen Personalien verzeichnet waren. »So, dann wollen wir mal sehen. Lieberknecht, Marie-Luise. Hm – als vermisst gemeldet ist sie jedenfalls nicht. Wo genau stammt die junge Dame her?«

»Aus der Nähe von Füssen, soweit ich weiß.«

»Alter?«

»19.«

»So leid es mir tut, Veronika«, antwortete Sydow, verblüfft über einen Charakterzug, den er bei seiner Stieftochter nicht vermutet hätte. »Deine Fürsorglichkeit in Ehren, aber was mich betrifft, kann ich dir bedauerlicherweise nicht weiterhel...«

Der Rest von Sydows Antwort wurde durch das Schrillen des Telefons übertönt. »Sydow, was gibt's?«

»Arbeit, Herr Kollege«, ließ die Stimme von Rolf Maybach, Revierleiter in Moabit, verlauten. »Damit es dem Landadel nicht zu langweilig wird.«

»Hellblond, schlank, weiblich und circa 18 Jahre alt,

sagst du? Halt die Stellung, Rolf, ich bin gleich da.« Am Ende des Telefonats, in dessen Verlauf seine Stieftochter immer hellhöriger geworden war, musste Sydow erst einmal durchatmen. »Meine Güte, das darf doch wohl nicht wahr sein.«

»Schlechte Nachrichten?«

Sydow wich dem Blick seiner Stieftochter aus, stand ruckartig auf und hastete zum Garderobenständer, um seine Lederjacke vom Haken zu nehmen. Dann riss er die Tür auf und erwiderte: »Erzähl ich dir auf der Fahrt, Veronika.«

»Aber …«

»Die Uni kannst du vergessen, mein Kind. Nach dir – die Zeit drängt!«

03

Berlin-Moabit, Gericke-Steg am Helgoländer Ufer | 08.20 h

Schon merkwürdig, um nicht zu sagen absurd. Vor 32 Jahren hatte Sydow seinen ersten Mordfall gelöst, und der Zufall wollte es, dass das Mordopfer, ein mehrfach vorbestrafter Zuhälter, unweit von hier ins Gebüsch geworfen worden war. Damals, während der Olympiade, waren Zehntausende von Besuchern nach Berlin geströmt, und wie bei solchen Anlässen üblich, hatten sich die Sport-Fans aus aller Welt nicht nur für Sport interessiert. Im Vorfeld hatten die Nazis zwar versucht, ein Großreinemachen in einschlägigen Kreisen zu veranstalten, um an den Halbweltgrößen ein Exempel zu statuieren, aber wie der Fall Jankowski bewies, war die Aktion gründlich in die Binsen gegangen. Gegen die Beschützer der aus ganz Deutschland herbeigeflatterten Bordsteinschwalben kam man trotz vollmundiger Ankündigungen nicht an, auch wenn Himmler sich auf den Kopf stellte. Die Spiele waren noch nicht eröffnet, als es zu einem regelrechten Krieg zwischen rivalisierenden Unterweltbossen gekommen war, bei dem, wie besagter Fall bewies, kein Pardon gegeben wurde. Und so kam es, dass Eduard Jankowski, im Kreise von Gleichgesinnten auch Polacken-Ede genannt, auf höchst fachmännische Art und Weise die Kehle durchgeschnitten worden war. Um die Tat zu vertuschen, hatte die Konkurrenz weder Schweigegelder noch sonstige Mühen gescheut, das heißt, der Tote wurde durch halb Berlin kutschiert und in einem unbeobachteten Moment am Spreeufer aus dem Kofferraum gezerrt. Der beziehungsweise die Mörder waren kurz darauf gefasst und zu jeweils zwölf Jahren Bau in Tegel verurteilt worden. Trotz aller Bemühungen, die Vorgänge unter den Tisch zu kehren, hatte der Fall für reichlich Aufsehen gesorgt, und wer wie Sydow Sinn für Ironie besaß, war voll auf seine Kosten gekommen. Anders als mancher Duckmäuser in den Reihen der Justiz hatte der Hauptschuldige den Krieg überlebt – und sein Ganovenleben in den Westsektoren fortgesetzt.

Lang, lang war es her, keine Frage. Im Vergleich zu damals, als er im zarten Alter von 23 auf Verbrecherjagd gegangen war, herrschten andere Verhältnisse, und das, wie Sydow betrübt konstatieren musste, nicht nur in politischem Sinn. Der Jungspund von damals, mit mittlerweile 55 Jahren auf dem Buckel, war ein anderer geworden, nicht wiederzuerkennen gegenüber dem hemdsärmeligen Kommissar, der geglaubt hatte, er könne Bäume ausreißen. Unter anderem, das war den Kollegen natürlich nicht verborgen geblieben, tat er sich im Umgang mit Leichenfunden längst nicht mehr so leicht wie vor 20 Jahren. In jenen Tagen, als das Wohl und Wehe der Stadt von den Rosinenbombern abhing, hatte er sich noch recht gut unter Kontrolle gehabt, viel besser als jetzt, wo er sich zur Betrachtung der Frauenleiche zwingen musste.

Die Tote im Blick, die auf einer Bank unweit des Gericke-Steges lag, trat Sydow von einem Bein aufs andere. Am heutigen Samstag, einem strahlend schönen Oktobermorgen, hatte er es nicht mit den sterblichen Überresten eines stadtbekannten Zuhälters zu tun, mit einer Halbweltgröße, der niemand eine Träne nachweinen würde. Heute, wo sich der Herbst von seiner anmutigsten Seite zeigte und buntscheckiges Laub von den Bäumen rieseln ließ, lagen die Dinge anders. Marie-Luise Lieberknecht, von Vroni eindeutig identifiziert, war erst 19 gewesen, als sie starb, und vieles, so stand zu vermuten, deutete auf Tod infolge von Drogenmissbrauch hin.

»Geht's wieder?« Längst nicht so souverän, wie er tat, richtete Sydow den Kragen seiner Lederjacke auf, zog die Stirn kraus und wandte sich seiner sichtlich konsternierten Stieftochter zu. »Wenn du willst, kann ich dich nach Hause fahren.«

Veronika Marquard schüttelte den Kopf. »Lieb von dir, Tom«, erwiderte sie, für den Bruchteil einer Sekunde wieder der 15-jährige Teenager, den Sydow von Anbeginn ins Herz geschlossen hatte. »Ich pack das schon, keine Sorge. Und was die Angelegenheit betrifft, über die wir gesprochen haben …«

»Gebe ich dir morgen Bescheid.«

»Versprochen?«

»Großes Bullen-Ehrenwort.«

»Tschüss, Tom – mach's gut.«

»Du auch, und gib dem Kleinen einen Kuss von mir.«

»Werd ich tun.« Im Aufbruch begriffen, drehte sich die 30-Jährige um. »Tust du mir einen Gefallen, Tom?«

»Klar.«

»Bist du so gut und sagst Mutter einen Gruß?«

»Klar doch, geht in Ordnung«, antwortete Sydow, hob die Hand und wandte sich ab, um seine Verlegenheit zu verbergen. »Na, dann wollen wir mal – wenn's auch schwerfällt.«

»Na, wieder versöhnt?«

»So halbwegs«, antwortete Sydow auf die Frage von Heribert Peters, Pathologe und Medizinprofessor an der FU, mit dem er zusammenarbeitete, seit er nach dem Krieg zur Kripo gegangen war. »Aber du weißt ja, wie die Frauen sind: Heute so, morgen genau umgekehrt.«

»Wem sagst du das!«, bekräftigte Peters und warf Sydow einen schelmischen Seitenblick zu. »Wenn sich einer auf dem Gebiet auskennt, dann Diplom-Psychologe Professor Doktor Doktor Thomas Randolph von Sydow – der Mann, nach dem sich die Damenwelt verzehrt.«

»War's das, oder hast du noch weitere Sprüche auf Lager?«

»So viele du willst, das weißt du doch.«

»Heb sie dir bis später auf, mir ist das Lachen vergangen.«

»Kann ich verstehen, bei dem Anblick!«

Sydow atmete tief durch. »Du kannst sagen, was du willst. Wie ein Junkie sieht sie nun wirklich nicht aus.«

»Sondern?«

»Na, wie … wie … Jetzt tu nicht so, Dicker, du weißt doch genau, was ich meine.« Es war immer das Gleiche.

Im Angesicht des Todes, namentlich bei einem Teenager, dessen Leben gerade erst begonnen hatte, fehlten ihm die Worte. Wie konnte es sein, dass ein bildhübsches und Vronis Schilderung zufolge intelligentes junges Ding an der Nadel hing und sein Leben wie eine Zigarettenkippe in den Bordstein schnippte? Wie konnte es sein, dass man innerhalb von Wochen derart unter die Räder kam? Und vor allem: Wie war es zu erklären, dass sich ein Junkie am Spreeufer den goldenen Schuss verpasste, ohne dass irgendjemand etwas davon mitbekam. Schließlich handelte es sich bei der Uferpromenade zwischen der Moabiter Brücke und dem Gericke-Steg nicht um einen x-beliebigen Hinterhof, eine Hasch-Kneipe in Kreuzberg oder den Bahnhof Zoo, wo der Anblick von Gestrandeten zum Alltag gehörte. Hier, in Sichtweite von Schloss Bellevue, waren bis spät in die Nacht Passanten unterwegs, von Liebespaaren, die sich am Spreeufer tummelten, gar nicht zu reden. »Wie lange, denkst du, ist sie tot?«

»Zehn bis zwölf Stunden, vielleicht auch länger.« Peters, eine, wenn nicht gar die Koryphäe unter Berlins Pathologen und Leiter des Gerichtsmedizinischen Instituts, kratzte sich nachdenklich an dem wirren Haarkranz, der den nahezu kahlen Charakterkopf säumte. In Studentenkreisen war der unter dem Spitznamen ›Bacchus‹ bekannte Rechtsmediziner überaus beliebt, wenngleich sein Humor, an dem sogar Sydow Anstoß nahm, nicht jedermanns Sache war. An der Wertschätzung, die er dem kalauernden, schmerbäuchigen und übergewichtigen Weggefährten entgegenbrachte, änderte dies jedoch nichts. Wenn er nicht weiterwusste, auf der Stelle trat oder anderweitig in Schwierigkeiten steckte, auf den Genussmenschen mit dem Faible für Lakritzstangen war Verlass. Und das wollte bekanntlich etwas heißen. »Alles Weitere später, sagen wir um halb eins, weil du es bist.«

»Moment mal, was ist denn in dich gefahren?«

»Wieso?«, fragte Peters mit perfekt einstudierter Unschuldsmiene und beobachtete die Kollegen von der Spurensicherung, die den Park auf der gegenüberliegenden Straßenseite durchkämmten. »Ich wollte dir nur einen Gefallen tun. Ich weiß doch, dass du von der schnellen Truppe bist.«

»Na, so schnell nun auch wieder nicht.« In Gedanken bei den Umständen, die zum Tod der Philosophie-Studentin geführt hatten, hörte Sydow nur mit halbem Ohr zu. Da lag sie nun, bekleidet mit einem rosa Angorapulli, verwaschenen Jeans und ausgelatschten Turnschuhen, die Beine leicht angewinkelt, die linke Schläfe auf der Bank und die Hand auf dem linken Oberarm, wo der Ärmel im Gegensatz zu seinem Pendant in die Höhe gerutscht war, so weit, dass man einen ungehinderten Blick auf das Handgelenk werfen konnte. Dieses wiederum wies eine Vielzahl von Einstichen auf, ein untrügliches Indiz, was die Todesursache betraf.

Untrüglich? Bis zum Beweis des Gegenteils, dessen war sich Sydow bewusst, musste man von einer Überdosis Heroin oder anderen sogenannten harten Drogen als Todesursache ausgehen. Will heißen, dass Fremdverschulden, in welcher Form auch immer, wohl kaum infrage kam.

Fremdverschulden. Sydow runzelte die Stirn. Komisches Wort. Wer weiß, vielleicht machte er die Sache komplizierter, als sie war. Vielleicht handelte es sich tatsächlich um eine Überdosis, die der Studentin, die genauso gut als Primanerin hätte durchgehen können, zum Verhängnis geworden war. Fälle wie dieser waren weiß Gott keine Seltenheit mehr, warum sich also den Kopf zerbrechen, wenn die Fakten keinerlei Anlass dazu gaben.

Warum? Ganz einfach. Weil Marie-Luise Lieberknecht, Studentin der Philosophie und der Romanistik, nicht im Entferntesten wie eine Heroinsüchtige aussah. Gut und schön, da waren die Einstiche im Handgelenk, aber das war es dann auch schon. Davon abgesehen sah die Tote wie ein ganz normaler Teenager aus, sommersprossig, ein wenig blass und eine Idee zu dünn vielleicht, nichtsdestoweniger jedoch bildhübsch. Kurzum, die sprichwörtliche Schönheit vom Lande. Wäre er ihr zu Lebzeiten begegnet, hätte Sydow nie und nimmer auf eine Drogenkonsumentin getippt. An diesem Fazit führte kein Weg vorbei. »Ich weiß nicht, Dicker, irgendwas ist an der Sache faul.«

»Erstens: Wenn du so weitermachst, hast du in Bälde noch mehr Speck auf den Rippen als ich.«

»Komm mir bloß nicht damit, auf dem Gebiet bin ich extrem empfindlich.«

»Aber andere auf die Schippe nehmen, so haben wir's gern«, hielt Peters mit breitem Grinsen dagegen, verpasste Sydow einen Rippenstoß und gab seinen Assistenten Anweisung, die Leiche in den bereitliegenden Zinksarg zu betten. »Wer im Glashaus sitzt, soll nicht …«

»Mit Steinen werfen, ich weiß«, vollendete Sydow, in Gedanken bei der Frage, ob der Fall wirklich so klar war, wie es den Anschein hatte: »Sag mir lieber, was du von der Sache hältst.«

»Tom Sydow, wie er leibt und lebt. Warum einfach, wenn's auch schwierig geht.«

»Also?«

»Abwarten und Lakritzstangen futtern«, gab Peters zur Antwort, tippte sich mit dem Zeigefinger an die Schläfe und heftete sich an die Fersen seiner Assistenten, die den Sarg zu dem Transporter vom Typ Mercedes Benz T 2 trugen. »Dann mal bis um halb eins, wenn's geht, bitte pünktlich.«

»Werd sehen, was sich machen lässt«, murmelte Sydow und stützte sich auf das Geländer, von wo aus man einen ungehinderten Blick auf die Spree genoss. Wie lange das Wetter halten würde, darüber konnte man nur mutmaßen, aber er hoffte, dass dies möglichst lang der Fall sein würde. Der Herbst war seine liebste Jahreszeit – und war es immer schon gewesen. Von Sport im Allgemeinen und Spaziergängen im Besonderen wollte er zwar nicht viel wissen, aber wenn es Oktober war, brach er am liebsten in den Grunewald oder auf die Pfaueninsel auf, die mit der Zeit zu seinem bevorzugten Refugium geworden war. Wo dereinst die schöne Wilhelmine Friedrich Wilhelm Zwo umgarnt hatte, da konnte er mit Lea stundenlang umherwandern, ausgerechnet er, der sich das Motto ›No sports!‹ auf die Fahnen geschrieben hatte.

Pech gehabt, Herr Kriminalhauptkommissar. Aus einem Herbstspaziergang, wo oder wohin auch immer, würde definitiv nichts werden. Ohne Lea, die noch bis

Ende des Monats an der Ostsee kuren würde, machte das Ganze ohnehin nur halb so viel Spaß, und so musste ein Blick auf das morgendliche Panorama genügen. Nebelfetzen, die sich im Ufergestrüpp verfangen hatten, eine Schwanenfamilie, die gravitätisch flussabwärts trieb, weinrot gefärbte Blätter, die sich lautlos auf die im Frühlicht schimmernde Oberfläche der Spree senkten. Es gab sie noch, die unberührte Idylle, wenngleich in unmittelbarer Nachbarschaft eines Ortes, wo der Tod einmal mehr die Oberhand behalten hatte.

»Na, machen wir Kalender?« Manfred Konopka, Leiter der Spurensicherung, war so lautlos an ihn herangetreten, dass Sydow erschrocken in die Höhe fuhr. »Auf geht's, Herr Hauptkommissar, nur keine Müdigkeit vorschützen.«

»Mensch Meier, hast du mich vielleicht erschreckt!«

»Wusste gar nicht, dass du so zart besaitet bist.« Konopka, 40 Jahre alt und seit diesem Jahr Leiter der Spurensicherung, verzog keine Miene. In der an Exzentrikern reichen Abteilung K der Zentralen Kriminaldirektion stach der kauzige Spreewälder mit dem Kurzhaarschnitt als üppig sprudelnde Quelle von lakonischen Bemerkungen hervor. »Aber was soll's, so sind die älteren Herrschaften nun mal.«

»Wer hat denn hier graue Haare, du oder ich?«

»Ich«, bekannte der akribische Kriminaltechniker, kratzte sich hinterm Ohr und wies mit dem Daumen über die schmale Schulter. »Kein Wunder, wenn man so was zu Gesicht kriegt, oder?«

Sydow deutete ein Nicken an. »Wie sieht's aus, schon irgendeine Spur?«

»Nicht unbedingt«, räumte der baumlange Gemütsmensch ein, eine Spritze in der Hand, die in Plastikfolie eingeschweißt war. »Besser als gar nichts, oder was meinst du?«

»Das Gleiche.«

»Na also, dann sind wir uns ja einig.«

»Und wo habt ihr sie gefunden?«

»Im Gebüsch neben der Bank.«

»Hm.« Zu mehr als einem skeptischen Brummen konnte sich Sydow nicht durchringen. »Mehr habt ihr nicht zu bieten?«

»Nee, zumindest nicht, was die unmittelbare Umgebung angeht.« Konopka verzog das faltige Gesicht. »Was hast du denn erwartet?«

»Ich muss gestehen, das weiß ich selbst nicht so genau.« Heribert hatte recht. Alles sprach dafür, dass er es mit einem Fall von Drogenmissbrauch zu tun hatte, und wenig bis nichts, dass ein Versehen oder gezielte Absicht dahintersteckte. »Wer weiß, vielleicht mache ich mir zu viele Gedanken.«

»Am besten, du wartest, bis der Leichenfledderer seinen Senf dazugegeben hat.« Konopka grinste süffisant. »Oder du schaust ihm bei der Arbeit zu, wie wär's damit?«

»Nein danke, darauf kann ich verzichten.«

»Hier, damit du was zum Angucken hast.«

Ein Schwarz-Weiß-Foto in der Hand, das sein Kollege mit einer Sofortbildkamera geschossen hatte, seufzte Sydow bekümmert auf. »Verstehst du, warum Leute in dem Alter so was tun?«

»Weil ihnen langweilig ist, was weiß ich.« Konopka

steckte die Plastikfolie ein und sagte: »Oder weil sie was Neues ausprobieren wollen. Denk doch mal nach, Tom. Da kommt eine junge Göre aus der bayerischen Provinz nach Berlin, um an der FU zu studieren. Was, denkst du, geht in so jemandem vor?«

»Na, was wohl! Sie ist froh, endlich tun zu können, was sie will, stürzt sich ins Getümmel und lässt es zum ersten Mal im Leben richtig krachen. Das heißt, sie macht alles, was sie zu Hause nicht tun konnte – oder durfte. Keiner mehr da, der ihr reinredet, niemand, der ihr auf die Finger sieht. Dorfschönheit, was willst du mehr.«

»Eben.«

»Ich weiß, was du sagen willst, Manni. ›Du und ich, wir beide waren auch nicht besser.‹«

»Genau.«

»Aber Drogen nehmen? Ich weiß nicht.«

»Jetzt komm schon, Tom, du weißt doch, wie schnell so was geht. Nimm an, du lernst die falschen Leute kennen und die schleifen dich von einer Fete zur andern, wo wiederum ein Joint nach dem andern gequalmt wird. Den will ich sehen, der da nicht auf dumme Gedanken kommt.«

»Wir reden nicht von einem oder zwei Joints, Manni. Die Kleine hat sich den goldenen Schuss verpasst, das darfst du nicht vergessen.«

»Und zuvor, wie an ihrem Handgelenk zu erkennen, bereits mehrfach Heroin konsumiert.«

»Ich weiß, ich weiß: Wenn ich so weitermache, sehe ich weiße Mäuse.«

»Das hast du gesagt, altes Haus, nicht ich.« Konopka stupste Sydow mit dem Ellbogen an. »Wenn du meinen

Rat hören willst, Tom: Mach die Dinge nicht komplizierter, als sie sind. Sonst siehst du den Wald vor lauter Bäumen nicht mehr.« Die Hand auf dessen Schulter, nickte Konopka seinem Nebenmann zum Abschied zu. »Bis nachher, Holmes. Halt die Ohren steif.«

»Du auch, Watson.« Die Stirn in Falten, blickte Sydow dem Leiter der Spurensicherung hinterher. »Wer weiß, vielleicht hast du sogar recht.«

»Eine Schande ist das, das will ich Ihnen mal sagen!«

»Kennen wir uns?« Der Mann, der mit hochrotem Kopf auf Sydow zustürmte, war schätzungsweise 70 Jahre alt, ging am Stock und sah so gebrechlich aus, dass man befürchten musste, der Wutausbruch würde sein Letzter sein. »Gestatten: Sydow, Kripo Berlin. Und Sie sind Herr …«

»Smolka«, vollendete Sven Waldenmaier, Kriminalassistent und seit geraumer Zeit unter Sydows Fittichen, was den Vorteil hatte, dass den 24-jährigen Sonnyboy so gut wie nichts erschüttern konnte. »Herbert Smolka.«

»Aus … aus Moabit«, ergänzte der ungepflegt wirkende Pensionär, dessen Versuch, Gehör zu finden, dank eines Hustenanfalls zum Scheitern verurteilt war.

»Darauf wäre ich nun wirklich nicht gekommen«, ließ Sydow trotz eines vorwurfsvollen Blicks vonseiten des mitfühlenden Kollegen verlauten. »Und das ist also der nette Herr, der sie gefunden hat, Waldi.«

Waldenmaier senkte den Blick und bejahte. »Laut eigener Aussage kurz nach sieben.«

»Aha.«

»Woraufhin er die Kollegen auf dem hiesigen Revier alarmiert hat.«

»Gut gemacht, das lobe ich mir.« Sydow trug ein gekünsteltes Lächeln zur Schau. »Sachdienliche Hinweise irgendwelcher Art?«

»Fehlanzeige.« Das ansonsten forsche, selbstsichere und um pointierte Bemerkungen nie verlegene Schlitzohr namens Waldenmaier musste passen. »Sie wissen doch«, flüsterte der bekennende Beatles-Fan seinem Vorgesetzten ins Ohr. »Nichts …«

»Sehen, nichts hören – und sich nur ja keinen Ärger mit der Polizei einhandeln.«

»Das sehen Sie völlig richtig, Chef.«

»Hatte ich nicht mit Konsequenzen gedroht, wenn du noch mal ›Chef‹ zu mir sagst?«

»Stimmt – jetzt, wo Sie es sagen, fällt es mir wieder ein.«

»Eine … eine Schande ist das, eine Schande für die … für die ganze Stadt!«

»Sie wollten etwas zu unserer Unterredung beitragen, Herr Smolka?«, feixte Sydow, wurde jedoch aufgrund eines vorwurfsvollen Blicks seines Assistenten zur Räson gebracht. »Nur zu, was haben Sie auf dem Herzen?«

Geradezu der Urtyp eines Cholerikers, ließ der Rentner seinen Spazierstock auf den verwaisten Promenadenweg niederfahren. »So viel, dass ich demnächst einen Infarkt kriege!«, wetterte der sichtlich mitgenommene Greis, aus dessen Mund das Aroma von Doppelkorn drang. »Gut, dass Sie das mal mitkriegen.«

»Was denn?«

Kaum noch zu bremsen, ging der Angesprochene über die Antwort hinweg. »Die Polizei, dein Freund und Helfer«, legte er los, wobei Sydow von Glück sagen konnte, dass Smolka noch nicht ganz bei Puste war. »Selten so gelacht. Wenn ihr von der Polente was auf dem Kasten hättet, wärt ihr hier schon lange aufgekreuzt. Aber anscheinend verdient ihr euer Geld im Schlaf, anders kann ich mir die Schlamperei nicht erklären.«

»Schlamperei?«

»Jetzt gucken Sie nicht so böse, Herr …«

»Sydow.«

»Meinetwegen, ist ja auch egal.« Smolka rang mit verkniffener Miene nach Luft. »Wenn ihr auf Zack wärt, würdet ihr euch öfter blicken lassen, vor allem nachts, da traut man sich vor Angst nicht mehr auf die Straße. Gammler, Penner und Haschbrüder, dass du mit dem Zählen nicht mehr nachkommst – so weit hat es mit unserem Viertel kommen müssen. Wissen Sie was, Herr Kommissar?«

»Hauptkommissar.«

»Wenn ich für jede Spritze, die hier rumliegt, eine Mark bekäme, wäre ich Millionär. Und die Polizei? Die macht sich einen schönen Lenz und tut so, als sei alles in bester Ordnung. Ob Sie es hören wollen oder nicht, unter dem Führer wäre so was nicht passiert.« Der Rentner winkte angewidert ab. »Da bleibt Ihnen die Spucke weg, was?«

»War das alles, Herr Smolka?«

»Ich weiß, Sie wollen das nicht hören, aber …«

»Ich habe gefragt, ob das alles ist!« Kurz davor, aus der Haut zu fahren, riss sich Sydow mit Mühe und Not am Riemen. »Wenn ja, will ich Sie nicht länger aufhalten.«

»Heißt das, ich kann gehen?«

»Genau das heißt es, Herr Smolka«, erwiderte Sydow und machte eine auffordernde Bewegung mit der Hand. »Schönen Dank auch, und einen angenehmen Tag.«

*

»Mein lieber Schwan, dem haben Sie es aber gegeben«, meinte Waldenmaier, als Smolka kopfschüttelnd von dannen geschlichen war. »Und was jetzt?«

»Das frage ich mich auch, Waldi«, gestand Sydow mit nachdenklicher Miene ein, deutete doch alles darauf hin, dass Konopka mit seiner Einschätzung recht behalten sollte. Vielleicht war es tatsächlich so, dass sein Verdacht der Fantasie entsprang und es sich um eins der immer zahlreicheren Drogenopfer handelte, die im Verlauf des Jahres zu beklagen gewesen waren. Vielleicht, das sagte ihm sein Instinkt, steckte aber auch mehr dahinter, als er und die beteiligten Kollegen ahnten. Dass es keinerlei Indizien für Fremdverschulden gab, war ihm allzu deutlich bewusst, aber da war dieses ungute Gefühl, das ihm davon abriet, den Fall vorschnell als erledigt zu betrachten. Vom Ergebnis der Obduktion, die noch anstand, nicht zu reden. »Tust du mir einen Gefallen, Waldi?«

»Klar.«

»Sei so gut und benachrichtige die Hinterbliebenen.«

»Geht in Ordnung.«

»Und dann rufst du Kroko an und richtest ihm einen schönen Gruß von mir aus.« Sydow schnitt eine vielsagende Grimasse. »Falls möglich, soll er sich von seiner Angebeteten losreißen und seinen Bürokratenhintern ins Präsidium bewegen. Alles so weit klar, Waldi?«

Die Skepsis in Waldenmaiers Blick sprach Bände. »Ja schon, aber …«

»Aber was?«

»Muss das wirklich sein? Der Fall ist doch so gut wie abgeschlossen, oder sehe ich das falsch?«

»Vielleicht, Waldi – vielleicht auch nicht.« Ein nachdenkliches Lächeln im Gesicht, warf Sydow einen Blick in die Runde. Auf der Spree glitt gerade ein Dampfboot vorbei, randvoll mit Ausflüglern, die durch das traumhafte Wetter angelockt worden waren. »Was mich betrifft, werde ich mal kurz bei den Anwohnern vorbeischauen. Wer weiß, vielleicht ist doch noch nicht aller Tage Abend.«

»Und was, wenn …«

»Wenn ich fündig geworden bin, lasse ich von mir hören«, fiel Sydow dem sympathischen Nachwuchskriminalisten ins Wort, verpasste ihm einen Klaps und schlug den Weg zur Moabiter Brücke ein, wo sich eine Reihe Mietskasernen aus der Vorkriegszeit befanden. »Was heißt hier überhaupt wenn – die Sache stinkt zum Himmel, das lasse ich mir nicht ausreden!«

04

Berlin-Tempelhof, Flughafen | 08.50 h

»Es wird ihr schon nichts zugestoßen sein, Erika. Sie ist doch keine 15 mehr.«

»Aber noch lange nicht erwachsen.« Ohne ihren zur Gelassenheit neigenden Ehemann zu beachten, stellte die Mittfünfzigerin im grauen Strickkostüm den Koffer ab, reckte das markante Kinn und trat an die Bordsteinkante, um Ausschau nach einem freien Taxi zu halten. »Ob du es wahrhaben willst oder nicht.«

Hubertus Lieberknecht, einen halben Kopf kleiner und das exakte Gegenteil der hageren, dünnhäutigen und spitzgesichtigen Frau, mit der er seit knapp 30 Jahren verheiratet war, hörte über die bissige Bemerkung hinweg. Und fügte mit unüberhörbar bayerischem Zungenschlag hinzu: »Na, wenigstens haben wir besseres Wetter als daheim.«

»Lenk nicht ab, Hubertus. Du weißt genau, dass ich das nicht ausstehen kann.« Erika Lieberknecht, nicht nur größer, sondern auch durchsetzungsfähiger als ihr über zwei Zentner schwerer und mit einer gehörigen Portion Fatalismus ausgestatteter Mann, schüttelte unwillig den Kopf und ordnete den Kragen ihres Kostüms, das sie älter erscheinen ließ, als sie war. »Tatsache ist, dass wir zehn Tage lang nichts von Marie-Luise gehört haben, oder willst du das bestreiten?«

Der schwergewichtige und obendrein schwerreiche Inhaber eines Füssener Sägewerks verkniff sich die Antwort, die ihm auf der Zunge lag, bückte sich und stellte den Koffer seiner Frau auf den Gepäckwagen, den ein amerikanischer Offizier vor der Abfertigungshalle stehen gelassen hatte. In dieser Stimmung war mit seiner Angetrauten nicht gut Kirschen essen, diese Lektion hatte er auf schmerzliche Weise gelernt. »Lange her, dass wir das letzte Mal hier waren.«

An Ausweichmanöver gewöhnt, ließ die 55-Jährige nicht locker. »Wenn man dich so hört, könnte man glauben, dass dich das alles überhaupt nicht interessiert. Wenn es dir egal ist, wie es deiner Tochter geht, warum bist du dann mit nach Berlin gekommen?«

»Sei so gut und lass deinen Dampf woanders ab. Ich mache mir genauso viele Sorgen um sie wie du.«

»Du und Sorgen! Das wäre ja mal was Neues.«

»Wer hat sie denn aus dem Haus getrieben, du oder ich?«

»Jetzt komm mir doch nicht damit, Hubertus. Du weißt genau, dass das nicht stimmt.«

»Sagst du.«

»Ja, ja, ich weiß«, ereiferte sich die gelernte Buchhalterin, in deren Gesicht das Alter unübersehbare Spuren hinterlassen hatte. »Du und deine Tochter, ihr beide wart euch ja immer einig. Besonders, wenn es darum ging, mir Steine in den Weg zu legen. Marie-Luise hinten, Marie-Luise vorn, bei deinem Augapfel hast du immer ein Auge zugedrückt. Egal, was sie angestellt hat, Papa hat seine Beziehungen spielen lassen und die Sache ausgebügelt. Nur bei mir, bei deiner Frau, da hast du dich auf die Hinterfüße gestellt.« Die Lippen fest zusammengepresst, ließ Erika Lieberknecht ihrem Unmut freien Lauf. »Marie-Luise ist dein Ein und Alles, denkst du, ich habe das nicht gemerkt? Für deine Tochter lässt du alles liegen und stehen, da setzt du Himmel und Hölle in Bewegung. Aber bei mir, Hubertus, da drehst du jede Mark zehnmal um, bevor du ein paar Kröten lockermachst, um deiner Frau einen Gefallen zu tun. Und noch etwas. Wenn du denkst, es tut deiner Tochter gut, wenn man sie an der langen Leine lässt, dann bist du schief gewickelt. Junge Menschen brauchen jemanden, der ihnen sagt, wo es langgeht, gib ihnen den kleinen Finger, und sie reißen dir die Hand ab!«

»Lass gut sein, Erika. Das haben wir schon so oft durchgekaut.« Von Natur aus konziliant, ließ sich der um fünf Jahre ältere Firmeninhaber und Vorsitzende des örtlichen Schützenvereins nicht anmerken, wie sehr ihn der Temperamentsausbruch seiner Frau kränkte, fuhr durch das volle und frühzeitig ergraute Haar und schlug einen versöhnlichen Tonfall an: »Du hast doch gehört, was deine Schwester gestern Nachmittag am Telefon gesagt hat. Sie ist auf eine Party gegangen, mehr nicht.«

»Mehr nicht, na du machst vielleicht Spaß!«, lautete die spitzzüngige Replik, begleitet von einem Zornesfunkeln, das aus den graubraunen Augen der Angesprochenen schoss. »Eins kannst du mir glauben, Hubertus. Wenn ich es noch mal zu tun hätte, würde ich einen Teufel tun und Marie-Luise in die Obhut dieser Traumtänzerin von einer großen Schwester geben. Wie kann man nur so naiv sein und Helene die eigene Tochter anvertrauen, die Frage habe ich mir schon oft gestellt.«

»Alles halb so wild, wirst schon sehen.« Wie stets, wenn seine bessere Hälfte zur Form auflief, war Hubertus Lieberknecht auch jetzt durch nichts zu erschüttern, steuerte auf das soeben eingetroffene Taxi zu und zog den Zettel hervor, auf dem die Adresse eines Fünf-Sterne-Hotels am Ku'damm verzeichnet war. »Na dann wollen wir mal, damit Ihre Majestät zufrieden sind!«

05

Berlin-Moabit, Helgoländer Ufer | 09.10 h

»Verstehen Sie mich nicht falsch, Fräulein Panucci, aber ich muss Sie das fragen. Wo sind Sie gestern Abend gewesen?«

»Im Kino.«

»Wo genau?«

»Im ›Gloria‹.«

»Am Ku'damm?«

»Genau.«

»Und danach?«

»Bin ich bummeln gegangen.«

»Wo?«

»Auf dem Ku'damm, wieso fragen Sie?«

»Ach, nur so – aus Interesse.« Trotz der Einsilbigkeit seiner Gesprächspartnerin ließ sich Sydow nicht aus dem Konzept bringen. »Und wie lange?«

»Darf man fragen, was Sie das angeht, Herr Hauptkommissar?« Edith Panucci, alleinstehende Bewohnerin einer Dachgeschosswohnung unweit der Moabiter Brücke, verschränkte die Arme und sah Sydow mit gerunzelten Brauen an. »Falls Sie das annehmen, ich habe nichts verbrochen.«

»Habe ich das gesagt?«

»Nein, aber …«

»Na also, dann wäre das geklärt.« Am Fenster postiert, von wo aus man einen ungehinderten Blick auf Schloss Bellevue und die Siegessäule genoss, drehte sich Sydow auf dem Absatz um. »Zu Ihrer Information, Fräulein Panucci …«

»*Frau* Panucci, wenn ich bitten darf. Schließlich war ich mal verheiratet.«

»Wie Sie wollen, daran soll es nicht scheitern.« Sydow stöhnte innerlich auf. Von weiblichen Wesen, deren Ehe in die Brüche gegangen war, hatte er die Nase voll, aber da man sich die Gesprächspartner bei Ermittlungen nicht aussuchen konnte, musste er wohl oder übel lieb Kind machen. »Also, *Frau* Panucci. Gibt es irgendetwas, das Sie zur Klärung des Sachverhaltes beitragen können?«

»Eine Studentin, die an einer Überdosis gestorben ist: Ich wüsste nicht, was es da noch beizutragen gäbe.« Edith Panucci, 25 Jahre alt und von Beruf Lehrerin, war eine Frau, die ihre Reize hinter einer Fassade der Gouvernantenhaftigkeit zu verbergen trachtete. Machte man den Versuch, diese Fassade zu durchdringen, kam eine überaus attraktive Frau zum Vorschein, ein graziles Geschöpf Mitte 20, das die Ahnen väterlicherseits nicht verleugnen konnte. »Bevor Sie mich fragen, Herr Hauptkommissar. Meine Mutter war als Sekretärin an der deutschen Botschaft in Rom tätig, als sie und mein Vater sich kennengelernt haben. Nach seinem Tod sind wir zurück nach Berlin.«

»Wann war das?«

»1948, kurz nach dem Ende der Blockade.«

»Was für ein Zufall – ich auch.«

»Jetzt kommen Sie, Herr Hauptkommissar. Sie sind doch nicht hier, um Ihr Leben vor mir auszubreiten.«

»Ich merke schon, Sie haben mich durchschaut.«

»Bitte nehmen Sie es mir nicht übel – aber das ist nicht sonderlich schwer.«

»Tatsächlich? Dessen war ich mir nicht bewusst.«

»Dann wird es Zeit, dass man es Ihnen sagt, oder?«

»Überaus freundlich von Ihnen, Frau Panucci«, bekräftigte Sydow, ein hintergründiges Lächeln im Gesicht. »Und wie steht es mit Ihnen?«

»Verzeihung, aber ich verstehe nicht, was Sie meinen.«

»Können Sie lügen, ohne rot zu werden?«

»Warum sollte ich, Herr Hauptkommissar. Es gibt nichts, was ich zu verbergen hätte.«

»Schauen Sie mal her, Frau Panucci.« Je länger er und die mediterrane Schönheit sich belauerten, desto mehr war Sydow überzeugt, dass sich die Antwort auf seine Frage erübrigte. »Wenn man wie ich so lange in diesem Beruf tätig ist, da bekommt man ein Gespür, wenn jemand nicht die Wahrheit sagt. Mag sein, ich kann nicht besonders gut schauspielern, aber was meinen Instinkt betrifft, bin ich auf der sicheren Seite.«

»Ach ja?«

»Worauf Sie sich verlassen können, gnädige Frau.« Anders als sonst, wo ihm längst der Kragen geplatzt wäre, bewahrte Sydow Ruhe und ließ den Blick durch die geräumige Dachstudiowohnung wandern. Die Einrichtung, zumeist antik, verriet ein Faible der Besitzerin für Möbel aus dem vorigen Jahrhundert, darunter ein Schreibsekretär aus Nussbaum, der, über den Daumen gepeilt, mehrere Tausend Mark wert sein musste. Einfach alles, angefangen bei den zahlreichen Büchern, Kunstmappen und Ordnern, befand sich exakt an seinem Platz, ein Eindruck, der sich beim Betrachten des aufeinander abgestimmten Mobiliars verstärkte. Kein Zweifel, die Frau mit dem geflochtenen Pferdeschwanz, deren dunkles Haar beinahe bis zur Gürtellinie reichte, war im Gegensatz zu Sydow auf Ordnung und akkurates Aussehen bedacht.

Darüber hinaus wirkte die Gymnasiallehrerin mit dem sperrigen Vornamen überaus anziehend, um nicht zu sagen verführerisch, trotz oder gerade wegen der Hornbrille, an der sie unentwegt herumhantierte. Pechfarben glänzendes Haar, dunkle Augen, sanft geschwungene Brauen, zarte Wimpern, olivfarbene Haut – und als Krönung eine Stimme wie Claudia Cardinale. Das war der Stoff, aus dem Pennäler-Träume gemacht waren. »Egal, wie viel meine Kundschaft auf dem Kasten hat – früher oder später …«

»Haben Sie jeden Ganoven so weit, dass er auspackt?«

»Sie sagen es.«

»Dumm nur, dass ich keiner bin.«

Am entscheidenden Punkt angelangt, ließ Sydow den Blick auf seiner Gesprächspartnerin ruhen. Von der Selbstsicherheit, die sie an den Tag gelegt hatte, war nicht mehr viel zu spüren, ein Eindruck, der durch das Fixieren der unruhig flackernden Augen bestätigt wurde. »Sondern?«

»Darf ich Sie um einen Gefallen bitten, Herr Hauptkommissar?«

»Aber natürlich.«

»Könnten Sie das, was ich Ihnen anvertraue, diskret handhaben?«

Sydow zögerte. »Kommt drauf an, um was es sich handelt, Frau Panucci.«

»Können wir im Vertrauen reden, was meinen Sie?« Der Tonfall der 25-Jährigen verschärfte sich. »Wenn nicht, habe ich Ihnen nichts mehr zu sagen.«

»Auch dann nicht, wenn ich Sie mit aufs Revier nehme?«

»Nicht einmal dann, so leid es mir tut.«

»Na schön, Sie haben mein Wort.«

»Nehmen Sie doch Platz, Herr Hauptkommissar«, lud die Junglehrerin Sydow ein und deutete auf den Ledersessel, auf dessen Lehne seine Handflächen gerade ruhten. »Im Sitzen hört es sich leichter zu.«

»Na schön, wie Sie wollen.« Sydow tat, wie ihm geheißen, schlug das rechte Bein über das linke und sagte: »Schießen Sie los, ich sitze bequem.«

»Besser so, glauben Sie mir.« In Gedanken beim vorangegangenen Abend, ging Edith Panucci an der Schmalseite des Raumes in Position, fasste sich ein Herz und sah Sydow mit ernster Miene an: »Auf Sie ist Verlass, das sieht man Ihnen an.«

»Sagen wir mal so: Wenn ich mein Wort gebe, dann halte ich es auch.«

»Gut zu wissen, ich werde Sie dran erinnern.« Sydows Blick meidend, zupfte die 25-Jährige ihr pastellfarbenes Kleid zurecht, senkte den Blick und flüsterte: »Stünde meine Existenz nicht auf dem Spiel, hätte ich nicht gezögert, Sie zu benachrichtigen.« Die angehende Studienrätin zauderte. »Um auf Ihre eingangs gestellte Frage zurückzukommen, ich war bis zwei Uhr morgens unterwegs – mit Oliver.«

»Hat dieser Oliver auch einen Nachnamen?«

»Bemühen Sie sich nicht, Herr Hauptkommissar. Was das betrifft, erfahren Sie von mir kein Wort.«

»Gehe ich fehl in der Annahme, dass es sich um einen Ihrer Schüler handelt?«

Die Reaktion auf Sydows Frage, die ihm spontan in den Sinn gekommen war, ließ an Eindeutigkeit nicht zu wünschen übrig. »Sind Sie eigentlich immer so indiskret, oder sollte das eine Finte sein?«

»Ich kann Sie beruhigen, Frau Panucci. Was Ihr Liebesleben betrifft, können Sie tun und lassen, was Sie wollen. Vorausgesetzt, Sie halten sich an die Gesetze.«

»Oliver ist 19, sind Sie jetzt zufrieden?«

»Ob ich zufrieden bin, Frau Panucci, ist nicht von Belang.« Bemüht, nicht noch mehr Öl ins Feuer zu gießen, hielt Sydow abwartend inne. Dann sagte er: »Privatsache oder nicht, jetzt ist mir einiges klar.«

»Ich weiß nicht, ob Sie mich verstehen, Herr Hauptkommissar, aber …«

»Sie brauchen sich nicht zu rechtfertigen, Frau Panucci. Und was die Konsequenzen betrifft, die sich aus Ihrer Liaison ergeben: Sie sind alt genug, um sie zu überschauen.«

Die Antwort ließ geraume Zeit auf sich warten. »Können Sie sich vorstellen, was mir blüht, wenn die Schulbehörde davon erfährt?«

»Klar kann ich das.«

»Dann kann ich sehen, wo ich bleibe.« Aschfahl im

Gesicht, kämpfte die Deutsch-Italienerin mit den Tränen. »Von der Frage, wer alles auf mir rumhacken wird, ganz zu schweigen.«

Sydow deutete ein Nicken an. »Was das betrifft, ist auf die Boulevardpresse Verlass.« Dann reckte er den Hals und schloss: »Aber lassen wir das, sonst kommen wir auf keinen grünen Zweig. Also, was können Sie zur Klärung des Sachverhaltes beitragen?«

»Eine Menge.«

»Na dann mal los. Was ist gestern Abend passiert?«

»Zuerst muss ich Ihnen etwas beichten.«

»Schon gut«, wiegelte Sydow mit einer lässigen Handbewegung ab. »Wenn man unerkannt bleiben will, sollte man den Ku'damm meiden. Und einen Bogen um das ›Gloria‹ machen, vor allem am Wochenende. Dort treibt sich ja wohl alles rum, was in der Szene Rang und Namen hat. Auf ein Neues, Frau Panucci: Wo sind Sie gewesen?«

»In einem Hotel in der Hardenbergstraße.«

»Wie lange?«

»Bis kurz nach Mitternacht.«

»Und dann?«

»Sie wollen es aber genau wissen, Herr Hauptkommissar.«

»Das bringt mein Beruf so mit sich.«

»Nun gut.« Die Angesprochene schürzte die Lippen. »Kurz nach zwölf hat Oliver mich nach Hause gefahren. Um ehrlich zu sein, ich war … Ich war ein bisschen beschwipst, wissen Sie.«

»Auf gut Deutsch, Sie haben nichts mehr mitgekriegt.«

»Nun mal langsam, Herr Hauptkommissar. So schlimm, wie Sie vermuten, war es nicht.«

»Der junge Mann hat Sie also nach Hause gebracht. Was genau ist dann passiert?«

»Da im Haus schon genug getratscht wird, habe ich Oliver gesagt, er soll mich an der Ecke herauslassen.« Sichtlich mitgenommen, holte Edith Panucci Luft. »Was tut man nicht alles, um nicht angeschwärzt zu werden!«

»Das heißt, der junge Mann hat Sie lediglich abgesetzt.«

»Na klar, was haben Sie denn gedacht.«

»Wann ungefähr waren Sie in Ihrer Wohnung?«

»Das hat gedauert.«

»Wie darf ich das verstehen?«

Edith Panucci runzelte die Stirn. »So, wie ich es sage. Wir haben uns noch ein bisschen unterhalten, ist das etwa verbo…«

»Ruhig Blut, Frau Panucci. Wie lange hat das Intermezzo gedauert?«

»Bis um zwei, dann war es vorbei mit der Herrlichkeit.« Edith Panucci trat ans Fenster, blickte nach links und sagte: »Zuerst habe ich gedacht, ich sehe nicht richtig, aber dann, als sie die junge Frau aus dem Laderaum gezerrt haben, da wurde mir klar, dass hier was nicht mit rechten Dingen zugeht.«

»Eins nach dem anderen, Frau Panucci. So viel Zeit muss sein.« Rein äußerlich die Ruhe selbst, hob Sydow beschwichtigend die Hand, stand auf und trat an die Seite der jungen Frau, die mit geistesabwesender Miene aus dem Fenster starrte. »Von wo aus haben Sie das Geschehen verfolgt?«

»Von da unten, aus einer Entfernung von knapp 50 Metern.«

»Verstehe ich das richtig: Sie saßen in Ihrem Auto und haben tatenlos zugeschaut, wie …«

»Tut mir leid, aber ich war so perplex, dass ich nicht gewusst habe, wie mir geschieht.« Wachsbleich im Gesicht, suchte die Italo-Berlinerin nach Worten. »Wie gesagt, ich sitze neben Oliver und will mich gerade verabschieden, da rast plötzlich dieser VW-Bus an uns vorbei, macht eine Vollbremsung und bleibt mit laufendem Motor stehen. Ich denke, was ist denn hier los, und bevor ich einen Piep machen kann, sehe ich, wie die beiden Kerle aus dem Bus springen, die Heckklappe aufreißen und einen leblosen Körper aus dem Laderaum zerren, um ihn zur nächstbesten Bank auf der Uferpromenade zu schleppen. Das gibt's doch nicht!, denke ich, aber da steigen die beiden auch schon wieder ein und rasen davon, als sei sonst wer hinter ihnen her.«

»Kein Wunder, oder?«

»Ich bin gar nicht groß zum Überlegen gekommen, glauben Sie mir. Das ging ruckzuck, selbst wenn ich gewollt hätte, wäre nichts zu machen gewesen. Die waren zu zweit, und wir beide – ich weiß nicht!« Edith Panucci, Tatzeugin wider Willen, setzte eine betretene Miene auf. »Ich will mich ja nicht rausreden, Herr Hauptkommissar, aber … Herrje, Sie können sich ja wohl vorstellen, wie das ist. Da denkst du an nichts Böses, und auf einmal tauchen diese beiden Typen auf und … und schwuppdiwupp! Ehe du bis drei zählen kannst, musst du mitansehen, wie sie … wie sie …«

»Den Versuch machen, ein Verbrechen zu vertuschen?«

»So könnte man es ausdrücken. Meinen Sie wirklich, die junge Frau ist ermordet worden?«

»Selbst wenn ich es wüsste, Frau Panucci, ich darf es Ihnen nicht sagen.«

»Verstehe.«

»Erlauben Sie mir noch eine Frage?«

»Weil Sie es sind, Herr Hauptkommissar.« Sichtlich mitgenommen, zog Sydows Gesprächspartnerin ein Taschentuch hervor, trocknete ihre Tränen und sagte: »Kein Grund zur Beunruhigung, das geht vorbei.«

»Sind Sie in der Lage, die Männer zu beschreiben?«

Edith Panucci schüttelte den Kopf. »So leid es mir tut, Herr Hauptkommissar«, seufzte sie, hob die Schultern und deutete auf ihre Brille. »Selbst mit dem Ding da konnte ich nichts erkennen.«

»Woher wissen Sie dann, dass es Männer waren?«

»Ich weiß es eben.«

»Ihre Selbstgewissheit in Ehren, aber …«

»Frauen machen so was nicht, Herr Hauptkommissar.«

Sydow glaubte, er habe sich verhört. »Wie bitte?«

»Jetzt tun Sie nicht so. Sie und ich, wir beide wissen genau, was ich meine.« Fast schon wieder die Alte, trat die Kunsterzieherin an ihren Schreibtisch, öffnete ein Schubfach und zog einen zusammengefalteten Notizzettel hervor. »Hier, ich nehme an, das können Sie brauchen.«

»Was ist das?«

»Zur Erklärung: Ich sage es ja nicht gern, aber hin

und wieder kommt es vor, dass ihr Männer schneller schaltet als wir.«

»Aber nur hin und wieder.« Die Notiz in der Hand, konnte Sydow sein Glück kaum fassen. »Sie reden von Ihrem … von Ihrem …«, stammelte er, immer dann in Verlegenheit, wenn Fingerspitzengefühl gefragt war. »Verdammt, wie drücke ich mich jetzt bloß aus?«

»Ich rede von Oliver«, vollendete sein Gegenüber, ein Lächeln im Gesicht, das genauso schnell verschwand, wie es aufgetaucht war. »Wie gesagt, im Gegensatz zu mir, die ich primär mit mir selbst beschäftigt war, hat er nicht lange gefackelt, ist ausgestiegen und dem VW-Bus hinterhergerannt. Wie man sieht, hat sich die Mühe gelohnt.«

»Scheint so, als müsste ich mich bei ihm bedanken«, murmelte Sydow und faltete den Zettel zusammen, auf den das Kennzeichen des VW-Busses gekritzelt worden war. »Oder was meinen Sie?«

»Lieber nicht«, wehrte Edith Panucci ab, der die Erleichterung über Sydows Reaktion ins Gesicht geschrieben war. »Hauptsache, Sie halten Ihr Versprechen. Mehr verlange ich nicht.«

»Davon, gnädige Frau, können Sie getrost ausgehen«, antwortete Sydow, rüstete zum Aufbruch und fragte: »Haben Sie etwas dagegen, wenn ich Ihr Telefon benutze?«

»Warum sollte ich? Folgen Sie mir.« Edith Panucci, bislang einzige Zeugin im Fall Lieberknecht, bedeutete Sydow, er möge sich ihr anschließen, betrat den Flur und machte eine einladende Bewegung mit der Hand. »Je eher Sie die Kerle schnappen, desto besser.«

»Das wollen wir doch hoffen«, gab Sydow zur Antwort und wartete ab, bis die Tür des Wohnzimmers ins Schloss gefallen war. »Sydow hier, bist du es, Kurt?«

»Nein, der Heilige Geist«, blaffte der Kollege von der Verkehrspolizei, bekannt für sein schroffes Gebaren, hinter dem, wie so oft, eine wahre Seele von einem Ur-Berliner steckte. »Mach's kurz, ick hab jerade 'nen Raser in der Mangel.«

»Der Ärmste! Also: Kannst du kurz nachschauen, unter welchem Namen der VW-Bus mit dem Kennzeichen B-PU-205 angemeldet ist?«

»B-PU-205, sagste?«

»Genau«, bekräftigte Sydow, in der Hoffnung, der Lösung des Falles ein Stück näher gekommen zu sein. »Wer immer es ist, der Kerl kann sich auf was gefasst machen!«

ZWEITES KAPITEL

FREISPRUCH (I)

Strafkammer: »Es bleibt ein gewisses Unbehagen«
Revision im Kurras-Prozess?

Fernsehkameras surrten, pausenlos erhellten die Blitzlichter der Pressefotografen den Saal 500 des Kriminalgerichts, als die 14. Große Strafkammer am achten Verhandlungstag zum Richtertisch schritt. Gespannte Aufmerksamkeit herrschte im Saal, als Landgerichtsdirektor Geuß im Kurras-Prozess das Urteil verkündete: Freispruch für den Kriminalobermeister aus subjektiven Gründen vom Vorwurf der fahrlässigen Tötung des Studenten Benno Ohnesorg.

(»*Berliner Morgenpost*«, 22. November 1967)

06

Berlin-Moabit, Stephankiez | 10.05 h

»Da bist du ja endlich!«, rief Sydow aus, sprang auf und eilte Waldenmaier entgegen. Bis auf eine Rentnerin, die Brotkrumen an die Tauben verfütterte, waren Passanten auf dem Stephanplatz rar, anders als sonst, wo es immer etwas zu beobachten gab. »Mensch, Junge, wo hast du denn gesteckt?«

»Im Präsidium, um mich zu erholen«, flachste Waldenmaier, der auf Sydows Anruf hin alles liegen und stehen gelassen hatte. »Wie sieht's aus, irgendwelche Neuigkeiten?«

»Kann man wohl sagen«, erwiderte sein Vorgesetzter und brachte ihn auf den neuesten Stand, in Gedanken bei einem Unterfangen, um das ihn kein Ordnungshüter in Berlin beneiden würde. Von der Adresse, die er sich notiert hatte, war zuletzt häufig die Rede gewesen, besonders in den Artikeln der Boulevardpresse, die keine Gelegenheit ausgelassen hatte, um den Stephankiez als Hort des Bösen zu porträtieren. Kein Tag, an dem die Bewohner des bewussten Hinterhauses nicht ins Visier der Sensationsreporter gerieten, kein Kolumnist, der sich nicht irgendwann über Berlins Antwort auf Sodom und Gomorra ausgelassen hätte. Dass ›Bild‹ und

Co den Betreffenden einen Gefallen taten, war ihnen anscheinend nicht bewusst, schätzten die Mitglieder der Kommune doch nichts mehr, als Aufsehen zu erregen und so zu Ikonen der Protestszene hochgejubelt zu werden. »Jetzt bist du platt, was, Waldi? Wie sieht's aus: Hast du die Hinterbliebenen erreicht?«

»Leider nein«, räumte Waldenmaier ein, bemüht, mit Sydow Schritt zu halten. »Keine Ahnung, wo ihre Eltern stecken.«

»Und Kroko?«

»Den auch nicht – das heißt, es nimmt niemand ab.«

»Krokowski im Liebesrausch, das hätte ich mir nicht träumen lassen. Wer weiß, ob er überhaupt wieder auftaucht.« Am östlichen Rand des Platzes angekommen, überquerte Sydow die Straße, beschleunigte seinen Schritt und bog um die nächste Ecke, von wo aus es nur noch fünf Gehminuten bis zum Ziel waren. Über das, was ihn in der stillgelegten Fabrik erwartete, machte er sich keine Illusionen. Als Vertreter des verhassten Polizeistaates würde er auf wenig Gegenliebe stoßen, die Aussichten, dass er mit den Bewohnern aneinandergeraten würde, standen bestens. Allein schon deshalb galt es, einen kühlen Kopf zu bewahren, auch wenn er, kaum verwunderlich, eine Stinkwut im Bauch hatte.

»Nicht übel hier, oder was meinst du?« Um auf andere Gedanken zu kommen, nahm Sydow die Umgebung näher in Augenschein. Es war eine Ewigkeit her, seit er zum letzten Mal in diesem Viertel gewesen war, genau 30 Jahre, wenn die Erinnerung ihm keinen Streich spielte. Damals, unmittelbar nach dem Einmarsch in Österreich, hatte er eine Flamme gehabt, die aus Moabit stammte, nichts Ernstes, nur ein kleines Techtelmechtel. Annemarie, so der Name der heiratswütigen Dame, hatte unweit von hier gewohnt, und der Zufall wollte es, dass sie des Öfteren in Moabit ausgegangen waren. Dabei, will heißen bei dem einen oder anderen Stelldichein, war es dann aber geblieben. In jungen Jahren war Sydow nicht gerade das gewesen, worauf wohlmeinende Mütter erpicht gewesen waren, und so hatte Annemarie Reißaus genommen. »Berlin, wie es leibt und lebt.«

»Ich weiß nicht.« Kein Wunder, dass Waldi die Dinge anders sah. Zwar konnte er froh sein, dass er den Krieg nicht miterlebt hatte, aber was Berlins beste Zeit betraf, konnte er nicht mitreden. Von dem, was die Stadt unverwechselbar gemacht hatte, war heute, mehr als zwei Jahrzehnte nach dem Ende des Dritten Reiches, nicht mehr allzu viel übrig geblieben. Angefangen bei dem Schandfleck, der sich Mauer nannte, hatte die Moderne den Siegeszug angetreten, mit dem Ergebnis, dass man die Überbleibsel von einst mit der Lupe suchen musste. Dass dies primär auf die Kappe der Nazis ging, verstand sich von selbst, schließlich waren sie es gewesen, die den Krieg vom Zaun gebrochen hatten. Viertel wie das hiesige ausgenommen, war vom Berlin der Zwanziger so gut wie nichts übrig geblieben, und es gab niemanden, der dies mehr bedauerte als er.

Aber noch war nicht aller Tage Abend, noch gab es sie, die Straßen mit Kopfsteinpflaster, flankiert von Mietshäusern aus der Gründerzeit, an deren Fassaden die Zeit deutliche Spuren hinterlassen hatte. Noch existierten sie, die Tante-Emma-Läden, wenngleich sie andernorts bereits am Aussterben waren. Zwei Rentnerinnen, die über ihre Nachbarinnen herzogen, ein Pulk von Kindern, die auf der Straße Fußball spielten, ein Hausierer, der sich ein Wortgefecht mit einer Anwohnerin lieferte, ein Straßencafé, aus dem der Geruch von frischen Brötchen drang, ein Kriegsversehrter, der Zeitungen verkaufte, Bierdunst, der aus der Tür einer Stehkneipe in seine Nase geweht wurde, all das, und noch viel mehr, gab es hier zu beobachten, und je mehr Sydow zu Gesicht bekam, desto wohler war ihm in seiner Haut. Gewiss, er konnte und wollte die Zeit nicht zurückdrehen, aber ab und zu tat es ganz gut, wenn man in Erinnerungen an längst vergangene Zeiten schwelgte. Lea, die ihn als hoffnungslosen Nostalgiker bezeichnete, machte sich deswegen oft lustig über ihn, aber da er wusste, wie er sie zu nehmen hatte, ließ er die Neckereien über sich ergehen.

»Du kannst eben nicht aus deiner Haut, Brummbär.« Damit hatte seine Frau, ohne die er nur die Hälfte wert war, ohne jeden Zweifel recht. Wenn er sich irgendwo geborgen fühlte, dann in seinem Schöneberger Refugium, in einer Etagenwohnung, die sich im ersten Stock eines Mietshauses aus der Kaiserzeit befand. Nur hier – und nirgendwo sonst – konnte er richtig abschalten, am liebsten in der Küche, von wo aus er einen Blick in den malerischen Hinterhof werfen konnte. Oh ja, auch sie gab es noch, die viel zitierten Winkel, an denen Zille seine helle Freude gehabt hätte. Es klang zwar merkwürdig, aber in seinem Viertel, das heißt in der Grunewaldstraße, kannte man sich nicht nur vom Sehen, sondern redete – beziehungsweise berlinerte – miteinander. Da gab es keinen, der ihn mit »Herr Hauptkommissar«

anredete, und wer Hochdeutsch sprach, bekam keinen Fuß auf den Boden. Kurzum, daheim in Schöneberg, da war er Mensch. Und durfte es mit Billigung seiner Nachbarn auch sein.

»He, Kumpel, haste mal 'ne Fluppe für mich?« Aus seinen Tagträumen gerissen, sah Sydow zu, wie Waldenmaier in sein Sakko griff und eine Schachtel Marlboro hervorzog, um sie dem mit Pluderhosen und Batikhemd bekleideten Jesus-Imitat zu offerieren. Der Dank ließ nicht lange auf sich warten: »Bist doch nicht etwa ein Bulle, oder?«

»Nee«, gab Waldenmaier mit der gewohnten Schlagfertigkeit zurück, ein hintergründiges Lächeln im Gesicht. »Nur ein Jungbulle, frisch aus der Zucht.«

»Jungbulle, der war gut!« Der Paradiesvogel, nur ein Strich in der Landschaft und Sydows Schätzungen zufolge Mitte 20, brach in asthmatisches Gelächter aus. »Wenn man euch beide sieht, denkt man, ihr könntet nicht bis drei zählen.«

»Siehst du, so kann man sich irren.« Nicht im Geringsten irritiert, wofür Sydow ihm Respekt zollte, steckte Waldenmaier die Zigaretten ein und sagte: »Wenn wir gerade von Fehleinschätzungen reden, mein Kollege und ich sind auf der Suche nach einem gewissen … Wie hieß der Typ doch gleich? Genau! Obermann – Rudolf Obermann.«

»Ach der.« Der Hippie zuckte mit den Achseln. »Keine Ahnung, was der Rudi gerade treibt. Am besten, ihr fragt die andern. Die können euch sagen, wo er steckt.«

»Alles klar, schönen Dank auch.«

»Nehmt's mir nicht krumm, Jungs«, antwortete der Paradiesvogel, die Marlboro in der Hand, auf die er keinen Blick verschwendete. »Aber davon kann ich mir nichts kaufen. Ein Joint wäre mir lieber, anders komme ich nicht auf Touren.«

»Tut mir leid, aber damit können wir nicht dienen.« Im Gehen begriffen, hob Waldenmaier die Hand, lächelte und folgte Sydow, der nach rechts in eine Toreinfahrt eingebogen war, auf dem Fuß. »Oder was meinen Sie, Chef?«

»Das Gleiche wie du, Waldi«, antwortete Sydow und warf einen Blick in den Hinterhof, in den der schummerige Durchgang mündete. »So, da wären wir. Mach dich auf was gefasst, Waldi – jetzt geht's zur Sache!«

*

»Und was verschafft uns die Ehre, Herr Hauptkommissar?« Es gab Leute, die Sydow auf Anhieb sympathisch waren, solche, aus denen er nicht schlau wurde, und wiederum andere, die ihn in null Komma nichts auf 180 brachten. Lars-Hendrik Langenkamp, Mitglied der Kommune, die sich im ersten Stock eines ehemaligen Fabrikgebäudes einquartiert hatte, gehörte letzterer Spezies an. Er wirkte, zurückhaltend formuliert, wie ein rotes Tuch für ihn, aber weniger aufgrund seiner Erscheinung, über die Sydow einfach hinwegsah. An die langhaarigen und im Stil indischer Gurus gekleideten Weltverbesserer, die die Weisheit mit Löffeln gefressen hatten, hatte er sich gewöhnt, wenngleich er sich fragte, ob sie auch wirklich an das glaubten, was sie unters Volk streuten. Nein, das Problem bei dem jungen Mann, der ihn wie einen Hausierer behandelte, war ein anderes. Langenkamp, wesentlich älter, als die teenagerhaften und beinahe weiblichen Züge verrieten, war die fleischgewordene Provokation und ließ jeglichen Respekt ihm gegenüber vermissen. Er gehörte zu denjenigen, die sich berufen fühlten, über alles und jedermann zu richten, die sich und ihresgleichen als den politischen Nabel der Welt bezeichneten. Andere Meinungen, und seien sie auch fundiert, galten in den Augen dieser Spezies nichts. Sie protestierte um des Protests willen, betrachtete Leute wie ihn grundsätzlich als Spießer, trat im Stile von Oberlehrern auf, die es als ihre Aufgabe betrachteten, mit erhobenem Zeigefinger durch die Weltgeschichte zu stolzieren. Menschen dieses Schlages hatte er gefressen, speziell dann, wenn er spürte, dass sie ihn nicht für voll nahmen. »Allein in die Höhle des Löwen, alle Achtung, dazu gehört schon einiges!«

»Zu Ihrer Information: Mein Kollege inspiziert gerade Ihren VW-Bus. Sie wissen schon, die Klapperkiste, die drunten im Hof auf dem Parkplatz steht.«

»Von mir aus, wenn's ihm Spaß macht.« Kein Zweifel, unter denjenigen, die Sydow auf Anhieb gefressen hatte, nahm der Jura-Student mit der Struwwelpeter-Frisur und der getönten Nickelbrille den Spitzenplatz ein. »Auch wenn es nicht in Ihr Weltbild passt, Herr Hauptkommissar, bei uns sind Sie an der falschen Adresse. Auf die Gefahr, mich zu wiederholen, was verschafft uns die Ehre Ihres Be…«

»Um Missverständnissen vorzubeugen, junger Mann: Mein Kollege und ich sind nicht zu unserem Vergnügen hier.«

»Sondern?«

»Kennen Sie diese junge Frau?«

Das Foto vor dem Gesicht, das Konopka von der Toten am Spreeufer geschossen hatte, verzog Langenkamp keine Miene. »Nie gesehen, wer ist das?«

»Damit eins klar ist, Herr Rechtsverdreher in spe. Wenn Sie mich für dumm verkaufen wollen, schneiden Sie sich ins eigene Fleisch.« Auge in Auge mit dem schmalen Hemd, den er nur zu gern mit ins Präsidium genommen hätte, überwand Sydow seinen Groll, deutete auf den Spalt, durch den man einen Blick ins Allerheiligste der Flower-Power-Bewegung werfen konnte, und drohte: »Wie gesagt, wenn Sie einen auf Grimms Märchen machen, kriegen Sie es mit mir zu tun. Ich hoffe, Sie sind intelligent genug, um das zu kapieren. Wenn nicht, muss ich zu anderen Methoden greifen.«

»Für den Fall, dass Sie es nicht mitbekommen haben, Herr Hauptkommissar. Die Zeiten, in denen vor den Bullen gekuscht wurde, sind vorbei.« Die Überheblichkeit in Person, verschränkte Langenkamp die Arme. »Falls Sie uns eins reinwürgen wollen, sind Sie auf dem falschen Dampfer. Das haben schon ganz andere versucht als Sie, glauben Sie mir. Darum einen Rat meinerseits. An Ihrer Stelle würde ich mir überlegen, was ich tue. Es sei denn …«

»Es sei denn, was?« Kurz davor, aus der Haut zu fahren, stierte Sydow seinen Kontrahenten mit zusammengekniffenen Augenlidern an. »Jetzt hören Sie mir mal gut zu, junger Freund. Entweder Sie machen mir jetzt Platz, oder Sie lernen mich kennen. Reicht das, oder muss ich noch deutlicher werden?«

»Na schön, aber nur, weil Sie es sind.« Mit einem gönnerhaften Lächeln, in das sich deutliche Spuren von Unsicherheit mischten, ließ Langenkamp den unverhofften Besucher passieren, die Eisentür hinter sich ins Schloss fallen und rief: »He, Leute – schaut mal her! Wir haben Besuch, also benehmt euch.«

»Nicht nötig, ich bin an schlechte Manieren gewohnt.« Der Raum, an dem sich die überbordende Fantasie der Boulevardpresse entzündete, war recht groß, aber ziemlich niedrig und mit einem Boden aus groben Dielen und mehreren Fenstern versehen, die, wie ein Blick auf die verrosteten Rahmen bewies, seit Errichtung des Fabrikgebäudes nicht mehr erneuert worden waren. Von Komfort oder dem, was Sydow darunter verstand, konnte folglich keine Rede sein, eher vom genauen Gegenteil. Möbel suchte man hier vergebens, und wohin er auch schaute, lagen Matratzen, Decken, Zeitungen, Streichholzschachteln, Tabakbeutel und Papierstreifen herum, die, wie man sich denken konnte, nicht nur für das Drehen von Fluppen bestimmt waren. Mit Ordnung, das wurde auf den ersten Blick klar, hatten die Mitglieder der Kommune nicht viel am Hut. Überall, sogar auf dem Fenstersims, lagen die Habseligkeiten der selbst ernannten Weltverbesserer herum, angefangen bei Kleidungsstücken, die in Ermangelung von Schränken neben den Schlafplätzen deponiert worden waren, bis hin zu Zuckerdosen, Löffeln und Teetassen, bei Bedarf benutzt und danach irgendwo abgestellt. Einziger Luxus, sofern man dies so bezeichnen konnte, bildete eine abmontierte Tischplatte, die sich im rückwärtigen Teil des circa 100 Quadratmeter großen Raumes befand. Um sie herum, das heißt auf Sitzkissen und diversen Matratzenteilen, wo sie sich im Schneidersitz niedergelassen hatten, saßen drei Personen, von denen zwei Sydow keines Blickes würdigten. Nur die dritte, ein unscheinbar und irgendwie deplatziert wirkender Mann Mitte 20, blickte bei seinem Eintreten erschrocken auf und wandte sich danach wieder dem aus Joghurt, Buttermilch, Brötchen mit Honig und Kaffee bestehenden Frühstück zu. »Tut mir leid, Ihr Proletarieridyll zu stören, aber ich hätte da ein paar Fragen an Sie.«

»Nur zu, fragen Sie.« Die junge Frau, von der die Worte kamen, war für Sydow keine Unbekannte, genau wie ihr Nebenmann, der sich im Gegensatz zu ihr nicht die Mühe machte, ihn anzuschauen. Zusammen mit Langenkamp, der sich wieder zu ihnen gesellte, gehörte das Cover-Girl mit dem Münchner Akzent zu den Stars der Szene, laut Zeitungsberichten das derzeit begehrteste, wenn nicht gar bestbezahlte Fotomodell in West-Berlin und diejenige, die das für den Lebensunterhalt der Kommunarden benötigte Kleingeld beisteuerte. Ihre Romanze mit Langenkamp, dessentwegen der völlig unpolitische Groupie einer Underground-Band in die Fabrik-Kommune gezogen war, hatte es sogar bis auf die Titelseiten der Regenbogenpresse geschafft, was angesichts des an Ereignissen wahrlich nicht armen Jahres etwas heißen wollte. »Es macht Ihnen doch nichts aus, wenn wir frühstücken?«

»Falls du es noch nicht gemerkt hast, Dorle, der Typ da ist ein Bulle.«

»Für dich Dorothea, wie oft soll ich das denn noch sagen!«

»Jetzt hab dich mal nicht so, Schaufensterpüppchen, man wird doch wohl ein bisschen Fez machen dürfen.« Fritz Habermaier, knapp 30 und deutlich älter als seine Mitbewohnerin, die sich mit fragendem Blick an Langenkamp wandte, war jedem, der sich in der Protestszene auskannte, ein Begriff. Stets mit von der Partie, wenn es zu Sit-ins, Demos oder Krawallen kam, zählte der Sohn eines Sparkassendirektors mit dem fränkischen Akzent zu den Kommunarden der ersten Stunde. Wie unter seinesgleichen des Öfteren der Fall, hatte er nicht nur das Gymnasium, sondern auch die darauf folgende Banklehre geschmissen und sich der linken Szene von West-Berlin angeschlossen, wo er binnen Kurzem zu einem der Protagonisten und zum Bürgerschreck schlechthin avanciert war. Laut Zeitungsberichten, die Sydow mit der gebotenen Skepsis betrachtete, war der kleinwüchsige, rothaarige und scharfzüngige Aktivist mit der Halbglatze, den abstehenden roten Haaren und dem verfilzten Vollbart dafür eingetreten, die Toilettentüren auszuhängen, um jegliche Privatsphäre von vornherein zu unterbinden. Solcherlei Gerüchte, das Gemunkel von Rauschgiftexzessen und freier Liebe eingeschlossen, hatten natürlich für ein heftiges Rumoren im Blätterwald gesorgt. Als Folge davon hatten sich die Kommunarden vor Journalisten, Fans aus aller Welt und Gesinnungsgenossen kaum retten können, mit dem Ergebnis, dass die illustre Runde, die Sydow gerade in Augenschein nahm, in Rekordzeit in aller Munde war. »Guck nicht so schief, Lars, wer austeilt, muss auch einstecken können.«

»Tut mir leid, aber wenn es Ihnen nichts ausmacht, würde ich gern zum Punkt kommen.« Das Foto zwischen Daumen und Zeigefinger, stieg Sydow über eine zerwühlte Steppdecke, näherte sich den Anwesenden und fragte: »Ich nehme an, die junge Frau ist Ihnen bekannt?«

»Warum sollte sie?«

»Bitte beantworten Sie meine Frage, Herr Habermaier. Sonst vergeuden wir nur unsere Zeit.«

»Kennen wir uns, Herr …?«

»Sydow.«

»Kripo?«

»Sie sagen es.«

»Öfter mal was Neues.«

»Inwiefern?«

Habermaier grinste scheel. »Bis die Woche rum ist, kriegen wir ja allerhand Besuch. Aber ein Bulle in Jeans, Flanellhemd und Lederjacke, also echt: So was hatten wir hier noch nicht.«

»Und wie steht es mit ihr?«, fügte Sydow mit demonstrativer Abgeklärtheit hinzu, nicht gewillt, auf das provozierende Gehabe einzugehen. »Dass ich hier bin, dafür gibt es einen Grund.«

»Welchen denn?«

»Vorschlag zur Güte, Frau Kleinhans. Wie wär's, wenn wir das Katz-und-Maus-Spiel beenden?«

»Sie kennen mich?«

»Wer kennt Sie nicht«, antwortete Sydow und setzte ein Lächeln auf, das demjenigen seiner Adressatin in nichts nachstand. »Darf man fragen, was Sie so als Fotomodell verdienen?«

»Genug, damit es für alle reicht.«

»Mehr als 1.000 Mark, habe ich mir sagen lassen«, gab

Sydow zurück, steckte das Foto ein und sagte: »Allerhand Knete, Kompliment, Frau Kleinhans.«

»Fräulein«, versetzte Habermaier, bevor die brünette Schönheit mit den Idealmaßen etwas erwidern konnte, zerkaute den Rest seines Brötchens und ließ es sich nicht nehmen, den Seitenhieb durch einen ironischen Kommentar zu krönen: »Noch sind die beiden nicht verheiratet, wissen Sie. Aber was nicht ist, kann ja noch werden, oder wie siehst du das, *Dorle*?«

»Sehe ich das richtig, Sie behaupten, die Frau auf dem Bild nicht zu kennen?« Am Ende mit der Geduld, fiel Sydow den Streitenden ins Wort. »Überlegen Sie sich genau, was Sie sagen.«

»Jetzt machen Sie aber mal einen Punkt!«, wetterte Habermaier, fuhr mit der Handfläche über die Schläfen und warf Sydow einen Blick zu, der vor Verachtung nur so strotzte. »Erst kommen Sie mir nichts, dir nichts hereinspaziert, gehen uns mit Ihrem Gequatsche auf den Sack und besitzen dann noch die Frechheit, uns zu unterstellen, wir hätten etwas mit dem Tod von … von …« Knallrot im Gesicht, brach Habermaier mitten im Satz ab. »Scheiß drauf, was weiß ich, wie die Kleine heißt!«

»Nur noch eine Frage, Herr Habermaier, dann haben Sie es hinter sich.« Ein schadenfrohes Lächeln im Gesicht, ließ Sydow den Blick auf dem selbst ernannten Wortführer ruhen. »Woher wissen Sie, dass Frau Lieberknecht tot ist?«

»Gegenfrage: »Wie kommen Sie darauf, wir könnten etwas mit Ihrem Tod zu tun haben?«

»Wenn nicht Sie und Ihre Tafelrunde, wer sonst?«

»Vorsicht, Herr Kommissar, wenn man eine Hypothese aufstellt, dann …«

»Damit wir wissen, woran wir miteinander sind: Titel sind mir völlig schnuppe. In Ihrem Fall, Herr Habermaier, mache ich jedoch eine Ausnahme. Das heißt, ich würde Sie bitten, mich mit ›Herr Hauptkommissar‹ anzureden.«

»War's das, oder haben Sie noch was in petto?«

»Nur eine kleine Richtigstellung«, fuhr Sydow mit Blick auf die Anwesenden fort, die bestrebt waren, gute Miene zu bösem Spiel zu machen. »Was Sie als Hypothese bezeichnen, läuft bei mir unter dem Begriff ›Mordverdacht‹.«

»Also wirklich, das wird ja immer toller.«

»Was meinen Sie damit, Frau Kleinhans?«

»Gar nichts meint sie«, fuhr Habermaier dazwischen, bevor seine Mitbewohnerin das Wort ergreifen konnte. »Und jetzt raus hier, sonst kriegen Sie es mit meinem …«

»Bevor Sie den Fehler begehen, Ihren Anwalt aus den Federn zu klingeln, eine Frage an den Herrn zu Ihrer Linken.« Ohne Habermaier zu beachten, wandte sich Sydow dem vierten im Bunde der versammelten Kommunarden zu. »Sie sind doch Rudolf Obermann, oder?«

Der Adressat der Frage, der bislang keinen Ton von sich gegeben hatte, zuckte zusammen, schluckte, blinzelte, blickte kurz auf – und schwieg sich aus.

»Keine Antwort ist auch eine Antwort«, stellte Sydow lapidar fest. Und fuhr fort: »Trifft es zu, Herr Obermann, dass Sie der Halter des Fahrzeuges mit dem Kennzeichen B-PU-205 sind?«

»Ja.«

»Na also, warum nicht gleich so.«

»Aber nur der Halter, mehr nicht.«

Überwältigt von so viel Redseligkeit, nahm Sydow den Allerweltstypen ins Visier. »Und was soll das heißen?«

»Dass jeder, der will, damit rumkurven kann.«

»Sie reden, wenn Sie gefragt werden, Herr Habermaier, ist das klar?«

Die Zielscheibe des Rüffels öffnete den Mund, um etwas zu erwidern, besann sich jedoch eines Besseren.

»Frage, Herr Obermann: Wo waren Sie heute Nacht, genauer gesagt zwischen halb und zwei Uhr?«

»Na hier, wo denn sonst.« Je intensiver Sydow sich mit dem bieder, gehemmt und unscheinbar wirkenden Krawattenträger mit dem sanft gewellten Haar und blassen Teint befasste, desto mehr verstärkte sich das Gefühl, ihn zu kennen. An jedem anderen Ort wäre ihm der Mann, der seinem Blick permanent auswich, nicht weiter aufgefallen, so unauffällig, ja geradezu spießig, sah er aus. Inmitten der Freaks, die ihn als einen der ihren zu betrachten schienen, wirkte er irgendwie deplatziert, als habe es ihn per Zufall in ihre Gefilde verschlagen. »Wir haben eine Party gefeiert, wie jeden Freitag.«

»Nur einmal pro Woche Remmidemmi – wie langweilig.« Sydow machte eine abwehrende Handbewegung. »Nichts für ungut, Herr Obermann, war nicht so gemeint.«

»Eine Party, ist das etwa verboten?«

Sydow lächelte gequält. »Bevor wir weiter aneinander vorbeireden: Gibt es Gäste, die bezeugen können, dass Sie ununterbrochen hier gewesen sind?«

»Ja, ich.«

»Eine Krähe hackt der anderen kein Auge aus, hab ich recht, Frau Kleinhans?«, gab Sydow an die Adresse von Langenkamps Anhängsel zurück, die Augen auf Obermann gerichtet, dessen Erscheinung in der Tat an eine Krähe erinnerte. »Nehmen Sie es nicht persönlich, aber ich glaube Ihnen kein Wort.«

»Typisch Bulle.«

»Wie schön, dass Sie sich wieder mal zu Wort melden, Herr Habermaier«, feixte Sydow, vergeblich bemüht, seinem Hang zur Ironie Herr zu werden. »Um ein Haar hätte ich Sie vergessen.«

»Ob es Ihren Denkschemata entspricht oder nicht, Herr Hauptkommissar«, hielt der Angesprochene mit süffisantem Tonfall dagegen, »bei uns geht es anders zu als in Ihren vier Wänden.«

»Was Sie nicht sagen.«

»Sie werden es zwar nicht gerne hören, aber was unsere Progressivität angeht, können Sie nicht mithalten.«

»Und was, wenn ich gar nicht mithalten will?«

»Sie wollen es, wir wollen es, alle wollen es. Wichtig ist nur, bürgerliche Verhaltensweisen und Abhängigkeitsverhältnisse zu liquidieren.«

»Als da sind?«

Einmal in Fahrt, war Habermaier nicht zu bremsen. »Ehe, Besitzansprüche gegenüber dem Sexualpartner, Anforderungen der Eltern an ihre Kinder und umgekehrt, Akkumulation materieller Güter, Abschottung mittels Privatsphäre, Konsumgütern oder Statussymbolen – und so weiter, und so fort. Am Anfang steht die Liquidierung der Privatsphäre, und, damit verbunden, die Besitzlosigkeit all derjenigen, die bereit sind, ihre Persönlichkeit zugunsten des Kollektivs zu opfern.«

»Ich will Ihnen ja nicht zu nahe treten, Herr Habermaier, aber mir kommt das ziemlich bekannt vor.«

»Soll das etwa ein Versuch sein, uns, die wir hier sitzen, mit den politisch Verantwortlichen in Ost-Berlin in einen Topf zu werfen?«

»Ich bin hier, um einen Mord aufzuklären, Herr Habermaier, und nicht, um politische Differenzen auszutragen.« Müde des Hickhacks, auf das er sich eingelassen hatte, ergriff Sydow die Flucht nach vorn. »So, und jetzt wäre ich Ihnen dankbar, wenn wir wieder zum Thema kämen.«

Habermaier dachte jedoch nicht daran, klein beizugeben. »Eine Krähe hackt der anderen kein Auge aus, dass ich nicht lache! Schon mal von Benno Ohnesorg gehört?«

»Nur so nebenbei, ich muss mich vor Ihnen nicht rechtfertigen.«

»Jetzt hören Sie aber auf, Herr Hauptkommissar!«, wetterte Habermaier, voll und ganz in seinem Element. »Wenn Sie mit zweierlei Maßstäben messen – bitte schön. Das heißt aber nicht, dass ich mir den Mund verbieten lasse.«

»Sie werden lachen, das habe ich auch schon gemerkt.«

»Mal ehrlich, Herr Hauptkommissar. Glauben Sie allen Ernstes, beim Freispruch Ihres Kollegen sei es mit rechten Dingen zugegangen?«

»Bleiben Sie beim Thema, Herr Habermaier.« So ungern Sydow dies auch einräumte und so sehr er sich hütete, es kundzutun, was das Urteil vom vergangenen November betraf, hegte auch er große Vorbehalte. Kollege Kurras war freigesprochen worden, gut und schön, ob nach Recht und Gesetz, stand jedoch auf einem anderen Blatt. »Sie behaupten, jeder der Anwesenden, Anhang und Partygäste eingeschlossen, habe die Möglichkeit gehabt, den VW-Bus zu benutzen.«

»Ich behaupte es nicht nur, es ist so.«

»In dem Fall dürfte es Ihnen ein Leichtes sein, mir die Namen der Infragekommenden zu nennen.«

»Der Verdächtigen, sprechen Sie es ruhig aus.«

»Freut mich, wenn Sie es genauso sehen.« Die Andeutung eines Lächelns im Gesicht, baute sich Sydow vor Habermaier auf. »Also: Wer von Ihnen hat seit gestern Abend, genauer gesagt während der vergangenen 15 Stunden, das Fahrzeug benutzt? Der Worte sind genug gewechselt, Herrschaften.«

»Auch wenn Sie sich noch so sehr ereifern, Herr Sydow, wir wissen es nicht.« Langenkamp, der dem Gespräch mit teilnahmsloser Miene gefolgt war, erhob sich, sammelte die LPs ein, die wahllos verstreut auf dem Boden lagen, und trottete zum entgegengesetzten Ende des Raums, wo sich eine Stereoanlage samt Lautsprecherboxen befand. »Sie haben doch nichts dagegen, wenn wir Musik hören, oder?«

»Und ob ich etwas dagegen habe, Sie impertinenter Schnösel.«

Langenkamp hielt verdutzt inne. »Das war aber nun wirklich nicht nett, Herr Hauptkommissar. Ich muss schon sagen, wo ist bloß Ihre gute Kinderstube geblieben!«

»Fürs Nettsein werde ich nicht bezahlt, Herr Langenkamp.«

»Sondern?«

Sydow tat so, als habe er die Frage nicht gehört. »Was haben wir denn da, darf ich mal sehen?«

»Eine Platte von den ›Doors‹«, gab Langenkamp zurück, einen Stapel LPs in der Hand, den Sydow neugierig beäugte. »Sagt Ihnen wahrscheinlich nichts.«

»Ich darf doch, oder?« Ohne eine Antwort abzuwarten, griff Sydow nach dem Stapel, der circa ein Dutzend LPs umfasste, zog eine davon hervor und trat ans Fenster, wo er sie mit gerunzelten Brauen begutachtete. »›The Doors‹, wie originell.«

»Geschmackssache, ich geb's zu.«

»Ein neuer Zug an Ihnen, Herr Langenkamp.«

»Brauchen Sie eine Brille, oder geht es auch so?«

Eine Wut im Bauch, wie er sie schon lange nicht mehr verspürt hatte, verzog Sydow dennoch keine Miene. »›Light My Fire‹ – Sie werden lachen, das kenne ich.«

»Meine Hochachtung, Herr Kommissar«, meldete sich Dorothea Kleinhans mit spöttischem Augenaufschlag zu Wort, »nicht schlecht für Ihr Alter.«

»Ach, wissen Sie, mit dem Alter ist das so eine Sache.« Nach außen hin betont kühl, wandte sich Sydow um, legte die Platte auf den Stapel und machte sich auf den Weg zur Tür, wo er eine Miene aufsetzte, die Humphrey Bogart alle Ehre gemacht hätte. »Was ich damit sagen will, ist: Wenn man so viele Semester auf dem Buckel hat wie ich, dann verfügt man über eine Menge Erfahrung. Dann lernt man vor allem eins, nämlich sich in Geduld zu üben. Mit anderen Worten, früher oder später habe ich jeden, der mich für dumm verkaufen wollte, am Wickel gekriegt.«

»Was soll das, wollen Sie mir drohen?«

»Sie haben es erfasst, Habermaier«, gab Sydow an die Adresse des Hobby-Revolutionärs zurück, warf ihm einen verächtlichen Blick zu und wandte sich zum Gehen. »Das will ich. Wenn Sie denken, Sie seien aus dem Schneider, haben Sie sich geschnitten. In Ihren Augen bin ich zwar nur ein unterbelichteter Bulle, aber täuschen Sie sich nicht. Ich kann auch anders, treiben Sie es also nicht auf die Spitze. So leicht, wie Sie denken, kommen Sie nicht davon, und wenn Sie lügen, bis sich die Balken biegen!«

*

»Bevor ich es vergesse, Waldi«, sagte Sydow, nachdem er den VW-Bus von allen Seiten begutachtet und einen Blick ins Innere der Rostlaube geworfen hatte. »Hast du rausgekriegt, wo das arme Ding gewohnt hat?«

»Die Ermordete?« Waldenmaier nickte. »Alt-Moabit 24.«

»Dann mal los, junger Mann – keine Müdigkeit vorschützen.«

»Und was ist mit Ihnen?«

»Jetzt guck nicht so, Waldi. Du machst das schon.«

»Na schön, wenn Sie meinen.« Waldenmaier stieß einen leisen Seufzer aus. »Und warum kommen Sie nicht mit?«

»Weil ich nicht auf mehreren Hochzeiten gleichzeitig tanzen kann, mein Junge.« Als sei die Angelegenheit damit erledigt, blickte Sydow hastig auf die Uhr. »Hm, zehn vor elf. Mal sehen, ob er seinen Angewohnheiten treu geblieben ist.«

»Großer Manitou spricht in Rätseln.«

»Scherzkeks.« Ein breites Grinsen im Gesicht, zog Sydow den Jung-Kriminalisten am Ohr. »Also: Du wartest, bis Konopka und Konsorten hier eintrudeln. Wenn's sein muss, sollen sie die Karre auseinandernehmen, ist das klar?«

Waldenmaier wagte keinen Widerspruch.

»Und lass mir die Klapperkiste nicht aus den Augen, sonst gibt's Ärger.«

»Klapperkiste nicht aus den Augen lassen, auf Spurensuche in Alt-Moabit gehen – und anschließend so schnell als möglich zum Rapport, zu Befehl!«, schnarrte Waldenmaier, salutierte und nahm demonstrativ Haltung an. »Was auch geschieht, Herr Kriminalhauptkommissar können sich auf mich verlassen!«

»Guter Mann«, murmelte Sydow und strebte eiligen Schrittes der Toreinfahrt zu, wo er den Blicken seines Assistenten entschwand. »Wenn du so weitermachst, Jungspund, wirst du es weit bringen.«

07

Berlin-Moabit, Alt-Moabit | 11.25 h

»Da vertraust du darauf, dass dein Kind gut aufgehoben ist, und was passiert? Marie-Luise macht die Nacht zum Tage, treibt sich weiß Gott wo in der Weltgeschichte herum!« Kaum zu beruhigen, stapfte Erika Lieberknecht in der Wohnstube ihrer Schwester hin und her. »Konsequenzen? Fehlanzeige. Meine große Schwester legt die Hände in den Schoss und lässt den lieben Gott einen guten Mann sein. Und das, obwohl ihre Nichte seit gestern Abend nicht mehr aufgetaucht ist. Alles, was recht ist, Helene – ich frage mich, was in deinem Kopf vorgeht!«

»Kein Grund zur Aufregung, Erika, es wird nichts so heiß gegessen, wie es gekocht …«

»Spar dir deine Weisheiten, Hubertus. Sag mir lieber, was wir jetzt tun sollen.«

»Das Beste ist, wir verständigen die Polizei.« Helene Jankowitz, drei Jahre älter als ihre Schwester und früh verwitwete Kantorin der Evangelischen Kirchengemeinde St. Johannis, ging zum Telefon und sprach: »Die wissen, wo sie nach Malu suchen müssen.«

»Nach wem?«, giftete Erika Lieberknecht, ohne Respekt gegenüber der Älteren, mit der sie seit jeher leichtes Spiel gehabt hatte. »Nur mal so am Rande, Schwesterherz, damit es nicht in Vergessenheit gerät: Deine Nichte heißt immer noch Ma…«

»Genug, Erika, das geht zu weit! Was kann Helene denn dafür, wenn Marie nichts von sich hören lässt.« Darauf bedacht, die Wogen zu glätten, wandte sich Lieberknecht seiner sichtlich betroffenen Schwägerin zu: »Wann, sagst du, ist sie gestern Abend aus dem Haus?«

»Kurz vor sieben.« Das exakte Gegenteil ihrer Schwester, ließ die umgängliche und aufgrund ihrer legeren Kleidung erheblich jünger wirkende Kantorin die Ereignisse des Vorabends Revue passieren. »Um deine Frage vorwegzunehmen, sie war so wie immer. Natürlich habe ich gefragt, wo sie hinwill, aber …«

»Aber was?«

»Jetzt tu bitte nicht so, Erika. Du weißt doch, wie die jungen Leute sind.« Helene Jankowitz setzte ihre Lesebrille auf, blätterte das Telefonbuch durch und sagte: »Mit 19 lassen die sich nicht mehr vorschreiben, was sie zu tun und zu lassen haben. Die Zeiten sind vorbei, das müsstest du eigentlich wissen.«

»Wer keine Kinder hat, Schwesterherz, kann diesbezüglich nicht mitreden.«

»So, meinst du.«

»Und ich Einfaltspinsel habe geglaubt, ich könne mich auf dich verlassen.« Der Blick von Erika Lieberknecht sprach für sich: »Ich weiß, was du von mir hältst, Helene. ›Sich wegen so was Sorgen zu machen!‹, denkst du, ›die hat doch nicht mehr alle Tassen im Schrank.‹«

»Du wirst es nicht glauben, Erika, außer an Malu denke ich momentan an überhaupt nichts.« Den Hörer in der Hand, drehte die Kantorin ihrer Schwester den Rücken zu, wählte und wartete auf das Freizeichen, eine Hoffnung, die sich wider Erwarten nicht erfüllte. »Besetzt, auch das noch.«

»Dann versuchst du es eben noch mal, aber nur, wenn du dich dabei nicht überanstrengst.«

»Jetzt hör mir mal gut zu, Erika.« Eine Frau der leisen Töne, ließ Helene Jankowitz den Hörer auf die Gabel sinken. »Ich sage es zwar nicht gern, aber …«

»Soll das etwa eine Moralpredigt werden?«

Die früh verwitwete, schmalgesichtige, stupsnasige und zu ihrem Leidwesen nahezu vollständig ergraute Kantorin ließ sich mit ihrer Antwort Zeit. »Ich weiß, du meinst es gut, aber wenn Marie-Luise über die Stränge schlägt, brauchst du dich nicht zu wundern. Sieh mal. Das Kind hat 18 Jahre nach deiner Pfeife tanzen müssen, was erwartest du da? Dass sie in einer Stadt, in der man was weiß ich wem über den Weg laufen kann, mit Scheuklappen durch die Gegend rennt? Dass sie sich in ihr Zimmer einschließt und tut, was meine ach so besorgte Schwester ihr eingebläut hat? Meinst du nicht auch, das ist ein bisschen viel verlangt?«

»Deine Ratschläge kannst du für dich behalten. Wie und zu was ich Marie-Luise erziehe, geht niemanden etwas an.«

»Falls du denkst, ich will dir Vorschriften machen, liegst du falsch.« Im Gegensatz zu ihrer Schwester, die keinem Streit aus dem Weg ging, war die Tochter eines von der SS ermordeten Widerstandskämpfers aus anderem Holz geschnitzt. Schon zu Zeiten des Dritten Reiches, als Malus Mutter ihren Frieden mit dem Regime gemacht hatte, war die mittlerweile 58-jährige Absolventin eines renommierten Konservatoriums ihren eigenen Weg gegangen, auch hier ganz der Vater, als Schriftsteller über die Grenzen Berlins hinaus bekannt. Wenn andere, so zum Beispiel Erika, die Regierenden in den Himmel gehoben hatten, war die in sich gekehrte und zum Entsetzen ihrer Schwester an Klezmer-Musik interessierte Violinistin auf Distanz gegangen, und das, wie der Gang der Ereignisse bewies, mit gutem Grund. Nach dem Tod ihres Vaters, der in der Nacht zum 23. April 1945 erschossen worden war, hatte sie sämtliche Hebel in Bewegung gesetzt, um die Schuldigen der gerechten Strafe zuzuführen. Dass ausgerechnet sie nach dem Krieg einen ehemaligen Offizier der Wehrmacht geheiratet hatte, war bei ihrer Schwester einmal mehr auf Unverständnis gestoßen. Der Grund, weshalb zwischen den Geschwistern jahrelang Funkstille geherrscht hatte. »Wie du weißt, liegt mir nichts ferner, als anderen meinen Willen aufzuzwingen. Außerdem handelt es sich nicht um meine Tochter, sondern um deine.«

»Du sagst es.«

»Wenn du erlaubst, würde ich dir trotzdem einen Rat geben.« Die Hände auf dem Fenstersims, von wo aus man einen Blick auf die mit Herbstlaub übersäte Streuobstwiese genoss, gab sich die Kantorin der St. Johannisgemeinde ihren Gedanken hin. »Selbst auf die Gefahr, mich noch unbeliebter bei dir zu machen.«

»Nicht nötig, Helene. Darauf lege ich keinen Wert.«

»Ich hatte befürchtet, dass du das sagen würdest.«

»Und was, wenn meiner Tochter etwas zugestoßen ist? Was machst du dann?«

Die Stimme ihrer Schwester im Rücken, senkte sich ein Schatten über die heiteren Züge der Kantorin herab. »Dann, Erika«, antwortete Helene Jankowitz, drehte sich um und ließ den Blick auf ihrer grimmig dreinblickenden Schwester ruhen, »dann weiß ich genau, was ich zu tun …«

Vom Klingeln an der Haustür unterbrochen, brach die Kantorin unvermittelt ab, verließ das Wohnzimmer und schlug den Weg zum Eingang des ehemaligen Mesnerhauses ein. »Sie wünschen?«

Der Unbekannte, ein junger Mann Mitte 20, nickte ihr freundlich zu und erwiderte: »Waldenmaier, Kripo Berlin. Wenn Sie erlauben, hätte ich ein paar Fragen an Sie.«

08

Berlin-Moabit, Alt-Berliner Kneipe »Zur Quelle« an der Ecke Alt-Moabit/Stromstraße | 11.45 h

»Verdammt heikel, wenn du mich fragst.« Frederick Verhoeven, im Kreis von Freunden, Bekannten und Journalistenkollegen unter dem wenig schmeichelhaften Spitznamen ›Qualle‹ bekannt, saugte an seinem Zigarrenstummel wie ein Kleinkind am Schnuller, blies einen Rauchkringel in die Luft und blinzelte Sydow mit übernächtigter Miene an. »Pass bloß auf, sonst verbrennst du dir die Pfoten.«

»Und du dir den Mund«, witzelte Sydow mit Blick auf den stets wohlinformierten, übergewichtigen und wie ein Schlot paffenden Journalisten, der es sich nicht nehmen ließ, das Wochenende mit einem Frühschoppen einzuläuten. »Wenn du so weiterqualmst, Qualle, logierst du bald einsachtzig tiefer.«

»Du solltest zur Heilsarmee gehen, weißt du das?« Trotz seiner Laster, zu denen neben der Vorliebe für Spielautomaten der exzessive Konsum von Berliner Kindl gehörte, besaß Verhoeven einen hervorragenden Ruf. Unter Kennern, die Stars der Branche mit eingeschlossen, galt der Journalist der ›Morgenpost‹ als echte Koryphäe, beneidet von Kollegen, bei denen sein

Lebenswandel Kopfschütteln hervorrief, und gefürchtet wegen seiner spitzen Zunge, von der er bei Interviews mit Prominenten regen Gebrauch zu machen pflegte. »Säufste, stirbste. Säufste nich, stirbste ooch. Also säufste.«

»Du musst es ja wissen.«

Verhoeven schüttelte sich vor Lachen. »Du ja wohl auch, es sei denn, du leidest unter Gedächtnisschwund.« Und deutete auf das Bierglas, das Sydow gerade an den Mund führte. »Sag mal, schämst du dich eigentlich nicht? Alkohol im Dienst, und das am helllichten Samstagmorgen. Du liebe Güte, wenn das der Herr Kriminalrat wüsste!«

»Noch ein Wort, Qualle, und ich lasse dich auf halbe Kost setzen.«

»Ja wenn das so ist, bleiben wir besser beim Thema.« Verhoeven, dessen sonniges Gemüt sich auf zweieinhalb Tonnen Lebendgewicht verteilte, setzte ein spitzbübisches Lächeln auf. »Schieß los, was hast du auf dem Herzen?«

»Ich brauche Informationen, Qualle.«

»Die brauchst du immer.«

»Bezüglich der Herrschaften, über die ich mich vorhin ausgelassen habe.«

»›Ausgekotzt‹ wäre zutreffender, oder was meinst du?«

»Endlich jemand, der mich versteht.«

»Wie gesagt: Ich könnte mir etwas Schöneres vorstellen, als mich mit so einer Sippschaft rumzuärgern.«

»Irre ich mich, oder hast du diesbezüglich bereits Erfahrungen gesammelt?«

»Kommt drauf an, was man darunter versteht.« Verhoeven setzte eine nachdenkliche Miene auf. »Als Journalist, der ich nun mal bin, kommt man an Habermaier und Anhang schwerlich vorbei.«

»Inwiefern?«

»Zum einen, weil sie andauernd in die Schlagzeilen geraten. Weshalb, muss ich dir nicht sagen.«

»Und weswegen noch?«

Verhoeven grinste amüsiert. »Neugierig bist du ja gar nicht, weißt du das?«

»Gehört zu meinem Beruf.«

»Na dann.«

»Jetzt rück schon damit raus, Qualle«, beharrte Sydow und blitzte den Journalisten, der ihm wiederholt aus der Patsche geholfen hatte, aus dem Augenwinkel an. »Du weißt doch, jede noch so kleine Information …«

»Kann von Bedeutung sein, schon kapiert.« Verhoeven knetete seine roten Nasenflügel, stützte die Ellbogen auf den Tresen und murmelte: »Mit mir kann man es ja machen, hab ich recht? Egal, weil du es bist: Der Zufall will es, dass ich an den gleichen Leuten dran bin wie du.«

»Glück muss der Mensch haben.«

Verhoeven setzte ein gekünsteltes Lächeln auf. »Damit eins klar ist, Sydow, solange die Story nicht veröffentlicht worden ist, bleiben die Informationen unter uns. Kann ich mich darauf verlassen, Chief Inspector?«

»Was soll die Frage, das weißt du doch.«

Das Lächeln auf dem von Kneipentouren gezeichneten Gesicht verschwand. »Na, dann will ich dir mal glauben.«

»Scheint so, als gäbe es eine Menge zu erzählen.«

»Glaub mir, das gibt eine heiße Story – im wahrsten Sinne des Wortes.« Bevor er weitersprach, ließ Verhoeven einen Blick durch die im Stil der Jahrhundertwende dekorierte Kneipe wandern. Außer dem Wirt, der sich ans entgegengesetzte Ende des Tresens verkrümelt hatte, wo er ein angeregtes Gespräch mit einer in die Jahre gekommenen Wasserstoffblondine führte, konnte er jedoch niemanden entdecken. »Schon mal was von einem gewissen Andreas Baader gehört?«

»Wer in Deutschland hat das nicht, Qualle.« An die Flugblätter, die im letzten Jahr kursierten, konnte Sydow sich noch genau erinnern, genau wie an den Brand in einem Brüsseler Warenhaus, bei dem mehr als 300 Menschen ums Leben gekommen waren. ›Wann brennen die Berliner Kaufhäuser?‹ Makaberer hätten es die Verfasser des Pamphlets, die allesamt aus der linken Szene stammten, nicht ausdrücken können. Herausgekommen war bei dem darauffolgenden Prozess, wo sie wegen Aufforderung zur Brandstiftung angeklagt gewesen waren, allerdings nichts, will heißen, die Ideengeber waren freigesprochen worden. Inwieweit dies für den Entschluss, zwei Frankfurter Kaufhäuser in Brand zu stecken, relevant gewesen war, ließ sich zum gegenwärtigen Zeitpunkt zwar nicht sagen. Dessen ungeachtet war der Anschlag vom 2. April wie ein Fanal gewesen, wobei die Befürchtung, das Beispiel werde Schule machen, nicht von der Hand zu weisen war. Der Prozess gegen die Täter, darunter Baader und drei weitere Gesinnungsgenossen, war für den 14. Oktober anberaumt worden, und nicht nur Sydow war gespannt, wie die Verhandlung vor dem Landgericht in Frankfurt ausgehen würde. »Ich fürchte, die Herrschaften werden weiter von sich reden machen.«

»Na, immerhin wird ihnen am Dienstag der Prozess gemacht. Das ist ja wohl ein Fortschritt.« Verhoeven schüttelte das blank polierte Haupt. »Kaufhäuser in Brand stecken – möchte wissen, was in solchen Köpfen vorgeht. Was das alles mit deiner Moabiter Kundschaft zu tun hat, fragst du?«

»Noch'n Bier, Qualle?«

»Nein danke, kein Bedarf.« Verhoeven warf einen weiteren Blick in die Runde. Dann sagte er: »Aus verlässlicher Quelle stammenden Informationen zufolge haben sich Baader und Co circa eine Woche vor den Anschlägen auf das Kaufhaus Schneider und den Kaufhof in Frankfurt …«

»Bei meinen neuen Freunden aus Moabit einquartiert?«

»Schade, dass du bei der Kripo bist. Ein helles Köpfchen wie dich könnten wir bei der ›Morgenpost‹ gut brauchen.«

»Woher weißt du das, Qualle?«

»Du verlangst doch nicht, dass ich meine Quellen preisgebe, oder? Wie dem auch sei, zu jener Zeit, das heißt Ende März dieses Jahres, logierten unsere Möchtegern-Revoluzzer noch im Eckhaus Stuttgarter Platz/ Kaiser-Friedrich-Straße in Charlottenburg. Du weißt, wo das ist?«

Sydow nickte.

»Nach einer Atelierwohnung in Friedenau, in der sie es sich im Februar letzten Jahres gemütlich gemacht haben, war dies ihre zweite Station. Dann freilich, genauer gesagt Ende September, sind sie in ihr jetziges Domizil gezogen, laut Mietvertrag vom 10. Juli 1968 für 800 DM im Monat. Unterhalt und sonstige Annehmlichkeiten, so zum Beispiel Haschisch, logischerweise nicht mitgerechnet. Na, was sagst du jetzt?«

»Gute Arbeit, Qualle. Ich selbst hätte es nicht besser machen können.«

»Typisch Sydow, angeben wie zehn nackte Neger. Wenn ich du wäre, würde ich die Klappe nicht so weit aufreißen.« Verhoevens Blick trübte sich. »Ich fürchte, dir steht noch eine Menge Ärger ins Haus.«

»Ich weiß, Qualle.« Sydow runzelte die Stirn. »An dem Fall werde ich noch zu kauen haben, das ist mir klar.«

»Die Edel-Hippies aus Moabit sind nicht das Problem, Tom.«

»Sondern?«

»Ach, nichts.« Ungewohnt wortkarg, zückte Verhoeven sein Portemonnaie, legte einen Zehn-Mark-Schein auf den Tresen und ließ sich mit einer schwungvollen Bewegung vom Barhocker gleiten. Dann, nach kurzem Zögern, tätschelte er Sydows Schulter und flüsterte: »Nichts für ungut, altes Haus, ist mir nur so rausgerutscht.«

09

Berlin-Mitte, Leichenschauhaus
in der Invalidenstraße | 12.50 h

»Bist du sicher, dass du dir das antun willst?« Heribert Peters, Chefpathologe am Gerichtsmedizinischen Institut, sprach Sydow aus der Seele. Bereits auf dem Herweg, den er in einer heroischen Anstrengung zu Fuß bewältigt hatte, war ihm beim Gedanken an das Bevorstehende ganz anders geworden, wie so oft, wenn ein Besuch im Kabinett des Professor Peters anstand. Falls möglich, hätte er sich liebend gern gedrückt, aber da Waldi anderweitig beschäftigt und Kroko unauffindbar war, gab es kein Entrinnen. Der Tod hatte gerufen, und Tom Sydow, der nur zu gern auf Durchzug geschaltet hätte, würde dem Ruf Folge leisten müssen. So war das nun mal, ob es ihm in den Kram passte oder nicht. »Wenn nicht, kannst du ja den Bericht lesen.«

»Denkst du etwa, ich habe Schiss?«

»Sagen wir mal so«, lenkte Peters wider sonstige Gewohnheiten ein, ein Alarmsignal, wie Sydow mit Beklommenheit registrierte. »So was wie vorhin habe selbst ich noch nicht erlebt. Und das will bekanntlich etwas heißen.«

»Jetzt übertreib mal nicht, Dicker. So schlimm, wie du tust, wird es schon nicht werden.«

»Wie Ihre Lordschaft wünschen. Sag nicht, ich hätte dich nicht gewarnt.« Peters erhob sich von seinem Schreibtisch, durchquerte das Büro, in dem es aussah, als ob gerade eine Bombe eingeschlagen hätte, und betrat eine Art Abstellkammer, im Pathologen-Jargon gemeinhin als Vorhölle bekannt. Wie um das Bild, das Peters vermittelte, abzurunden, herrschte dort das gleiche Durcheinander wie im Büro. Die Primadonna unter Berlins Pathologen, das wusste Sydow nur zu gut, konnte einfach nicht anders, wehe dem, der sich erdreistete, auch nur ans Aufräumen zu denken. Diesbezüglich verstand Sydows Freund keinen Spaß, anders als bei den Frotzeleien, die bei Begegnungen wie der heutigen an der Tagesordnung waren. »Na, dann mal los, bringen wir es hinter uns.«

»Nach dir, Dicker.«

»Von wegen keinen Schiss«, stichelte Peters, öffnete eine Tür aus Milchglas und trat an den mittleren der drei Sektionstische, auf dem der Leichnam der vermeintlichen Drogentoten lag. »Lass gut sein, du Schauspieler, mir kannst du nichts vormachen.«

Primär mit sich selbst beschäftigt, hörte Sydow nur mit halbem Ohr zu. Sooft er diesen Raum auch betrat, die Gerüche, die ihm in die Nase stiegen, waren stets die gleichen. Allein davon, das heißt von den Ausdünstungen der Leichen, konnte einem speiübel werden, und wenn nicht, dann eben vom Gestank nach Formaldehyd, Jod und Lösungsmitteln, so penetrant, dass es einem den Magen umdrehte. Sydow schnappte nach Luft. Sektionstische aus Edelstahl nebst Instrumententisch, hellblaue Kacheln, zwei angerostete Heizkörper und ein Waschbecken, das seine besten Tage längst hinter sich hatte. Auch wenn Peters sich noch so sehr über ihn lustig machte, gruseliger als hier hätte es schwerlich zugehen können.

»Alles klar, Herr Hauptkommissar?«

Sydow deutete ein Nicken an.

»Na, dann wollen wir mal«, murmelte der Pathologe, trotz gegenteiliger Behauptungen nicht so abgeklärt wie gewohnt. Dann schlug er das Laken zurück, mit dem der Leichnam der Getöteten bedeckt gewesen war. »Wer immer das war, den soll der Teufel holen.«

»Oder die.«

»Singular oder Plural?«

»Im Plural. Weibliche Mittäterschaft nicht ausgeschlossen.«

»Schon irgendeinen Verdacht?«

»Das schon.« Sydow zögerte. »Du weißt ja, wie das ist, Heribert. Ein Verdacht ist gut, aber …«

»Stichhaltige Beweise sind noch besser, du sagst es.« Am Fußende des Seziertischs postiert, winkte der Pathologe mit dem Zeigefinger. »Komm zu Herrchen, Spürnase, dann kannst du mir besser folgen.«

Sydow gehorchte.

»Da, nimm.« Ohne eine Reaktion abzuwarten, öffnete Peters seinen Instrumentenkoffer, entnahm ihm ein Vergrößerungsglas und drückte es seinem Nebenmann in die Hand. Dann schaltete er den OP-Strahler an, nicht ohne Sydow einen prüfenden Seitenblick zuzuwerfen. »Und jetzt reiß dich zusammen, damit du weißt, was Sache ist. Sag mal, hörst du mir überhaupt zu?«

Der Angesprochene deutete ein Nicken an.

»Weißt du was, Heribert?«

»Ich sehe schon, mit dir ist heute nicht viel los.«

»Wie kommst du denn auf die Idee?«

»Gegenfrage: Wie lange kennen wir uns schon?«

»Zu lange, wenn du es genau wissen willst.«

»Chapeau, der war wirklich gut!« Ein forschender Blick, gefolgt von einem hintergründigen Lächeln des Pathologen und dem anschließenden Griff nach dem Leinentuch, das er mit geübter Hand über der Toten ausbreitete.

Und schon konnte Sydow aufatmen.

Vorerst jedenfalls.

»Ich hab's dir gesagt, aber du wolltest ja nicht auf mich hören.« Die Hand auf der Tischkante, richtete sich der schwergewichtige Pathologe zu voller Körpergröße von 1,78 Metern auf. »Aber groß rumtönen, so haben wir's gern.«

»Na schön, eins zu null für dich.«

»Lass uns ins Büro gehen, dort ist es gemütlicher.«

Sydow atmete erleichtert auf. Von Gemütlichkeit, wie Peters es auszudrücken geruhte, war innerhalb dieser Mauern nun wirklich nichts zu spüren, eher vom krassen Gegenteil. »Verdammt heikle Angelegenheit.«

»Wer sagt das?«

»Ein Bekannter von mir.«

»Darf man erfahren, wer?«

»Nach Möglichkeit nicht, Heribert«, beschied Sydow dem Pathologen, betrat die Büroräume und ließ sich auf den nächstbesten Schreibtischsessel fallen. »Nimm's mir nicht übel, aber ich bin im Wort.«

»Schätze, du wirst deine Gründe haben.«

»Klar doch, die habe ich.« In Gedanken bei der Unterredung mit Verhoeven, wartete Sydow ab, bis Peters diverse Notizen, Formulare und Laborberichte sortiert und das Chaos auf seinem Schreibtisch auf ein erträgliches Maß reduziert hatte. »Ist mir nur so rausgerutscht, altes Haus.« Das konnte Qualle seiner Großmutter erzählen. Seit er ihn kannte, das heißt seit nunmehr zehn Jahren, hatte er den Reporter der ›Morgenpost‹ noch nie so wortkarg, oder, zutreffender formuliert, niedergeschlagen erlebt. Kein Zweifel, da war etwas im Busch. Trotz seiner Profession, die er wie kaum ein anderer beherrschte, war der Koloss mit dem lockeren Mundwerk stets ehrlich zu ihm gewesen, im Gegensatz zu vorhin, wo er mit verdeckten Karten gespielt hatte. Verhoeven als Geheimniskrämer: Wenn das kein Alarmzeichen war, dann wusste er auch nicht mehr. »Komm, ich helf dir, sonst sitzen wir noch heute Abend hier rum.«

»Untersteh dich!«, erwiderte Peters, einen Brieföffner in der Hand, mit dem er eine unmissverständliche Drohgebärde vollzog. »Sonst rück ich dir auf die Pelle.«

»Versuchskaninchen im Hörsaal, hab ich mir immer schon gewünscht.«

»Wart's ab, irgendwann bist du fällig.« Die Miene des Pathologen verdüsterte sich. »Ich fürchte, das Lachen wird dir noch vergehen.«

»Ich auch, lass hören.«

»Sitzt du gut?«

»Mach's nicht so spannend, das hält man ja im Kopf nicht aus.«

»Sie sagen es, Holmes.« Die Notizen fein säuberlich geordnet, hob Peters den Blick und sagte: »Wie gesagt, um das zu verkraften, brauchst du Nerven wie Drahtseile. Aber hübsch der Reihe nach. Also: Auf die Minute genau kann ich es zwar nicht sagen, aber ich denke, du kannst davon ausgehen, dass das arme Ding zwischen eins und halb zwei in der Frühe aus dem Leben geschieden ist.«

»Vornehm ausgedrückt.«

Peters bejahte.

»Ursache?«

»Tod durch Ersticken.«

»Wie bitte?«

»Tod durch Verlegung der Luftwege und/oder Behinderung der Atemmechanik und/oder Sauerstoffmangel der geatmeten Luft, im Fachjargon äußeres Ersticken genannt. Du hast richtig gehört, Tom.«

»Ich will dir ja nicht zu nahe treten, Heribert, aber …«

»Behalt es für dich, Tom. Ich bin mir sicher.« Nicht im Mindesten gekränkt, fuhr Peters fort: »Wie bekannt, gibt es bestimmte Symptome, die bei der oben genannten Todesart auftreten, als da sind: petechiale Blutungen, Speichelabrinnspur, Kehlkopfblutungen und – wie bei vorgenanntem Opfer deutlich zu erkennen – Einblutungen der vorderen Halsmuskulatur. Alles so weit klar?«

»Denke schon.«

»Zu unterscheiden wäre hierbei zwischen äußeren und inneren Befunden. Was Erstere betrifft, liegen bei Frau Lieberknecht …«

»Frau?«

»Ich sehe, du denkst mit. Um es vorwegzunehmen: Sie war keine Jungfrau mehr.«

»Heißt das, sie wurde verge…«

»Eins nach dem andern, sonst komme ich durcheinander.« Peters stieß einen leidgeprüften Seufzer aus. »Lange Rede, kurzer Sinn, was die äußeren Befunde betrifft, lässt der rudimentäre Blutaustritt an beiden Ohren bei Nichtvorhandensein einer Drosselmarke mit an Sicherheit grenzender Wahrscheinlichkeit auf Tod durch Behinderung der Luftzufuhr schließen.«

»Also per Hand oder mit einem Kissen.«

»Etwas in der Art.« Peters deutete ein Händeklatschen an. »Kommen wir noch kurz zu den inneren Befunden. Wie der feinblasig-schaumige Inhalt der Trachea vermuten lässt, kann man davon ausgehen, dass …«

»Schon gut, Heribert – ich glaube es dir auch so.«

»Freut mich zu hören, du Sensibelchen. Aber das war noch nicht alles.«

Sydow stöhnte innerlich auf. »Du wirst lachen, ich hab's befürchtet.«

»Für Heiterkeit, Herr Kriminalhauptkommissar, besteht kein Anlass. Auch wir müssen uns gelegentlich in Galgenhumor flüchten.« Der Pathologe intonierte ein Verlegenheitsräuspern. »Fazit: Tod durch Ersticken – letzten Endes.«

»Letzten Endes?«

»Damit wir uns richtig verstehen, vom medizinischen Standpunkt musste das arme Mädel dran glauben, weil es erstickt worden ist – mit Betonung auf ›worden‹.«

»Und weiter?«

»Darüber hinaus bleibt festzuhalten, dass Marie-Luise zuvor vergewaltigt, will heißen körperlich schwer misshandelt worden ist.«

»Das darf nicht wahr sein.«

»Exzessiver Drogenkonsum, allem Anschein nach Haschisch und LSD, nicht zu vergessen.«

»Gibt's das?«

»Anscheinend. Überrascht?«

»Nicht wirklich.« Sydow wandte sich kopfschüttelnd ab. »Mir reicht's, ich bin bedient.«

»Tut mir leid für dich, aber das Schlimmste kommt noch.«

Sydows Kopf sackte nach vorn.

»Bei näherem Hinsehen, das dir erspart blieb, lassen sich im Vaginalbereich Verbrennungen zweiten Grades feststellen.« Peters machte eine Einhalt gebietende Geste. »Moment, ich bin noch nicht fertig.«

»Aber ich.«

»Und jetzt kommt's: Anhand der Spermaproben lässt sich zweifelsfrei feststellen, dass … Drücken wir's am besten so aus, ich bin mir sicher, dass sie … äh …«

»Vergewaltigt worden ist?«

»Zu zweit über sie hergefallen sind. Will heißen, das Sperma auf ihrem rechten Oberschenkel ist mit den Proben, die aus dem Vaginalbereich stammen, nicht identisch. Das war's, du hast das Wort.«

»Na wartet, wenn ich euch kriege!« Sydow ballte die rechte Hand zur Faust. »Dann könnt ihr euer Testament machen.«

Die Stirn auf die Fingerkuppen gestützt, wiegte der Pathologe das Haupt.

»Dann erteile ich euch eine Lektion, die sich gewaschen hat.«

»Das glaubst aber auch nur du, Tom. Wie ich die vier Herrschaften einschätze, werden sie alles abstreiten. Die halten dicht, darauf gebe ich dir Brief und Siegel. Es sei denn, einer von ihnen bekommt kalte Füße – oder Konopka stößt auf weitere Spuren.«

»Oder ich bringe sie zum Reden.«

»Falls du vorhast, rustikale Methoden anzuwenden: Die Zeiten sind vorbei.«

»Und das ist auch gut so, Heribert.« Sydows Miene verdüsterte sich. »Dein Fazit?«

»Aber ohne Gewähr.«

Sydow nickte. »Das verlangt auch keiner.«

»Dann ist es ja gut.« Peters räusperte sich und sagte: »Ich weiß, es hört sich komisch an, aber wenn man die typischen Merkmale in Betracht zieht, ist davon auszugehen, dass es sich um eine Erstkonsumentin handelt. Ihr erster Trip, wenn ich es so ausdrücken darf, war auch ihr letzter.«

»Und die Einstiche am Handgelenk?«

»Stammen ausnahmslos vom gestrigen Abend.« Ein süffisantes Lächeln im Gesicht, schlug Peters die Beine übereinander und fragte: »Und was schließen wir daraus, Herr von und zu? Inkommodiere Er sich nicht, ich will es Ihm explizieren.«

»Du bist so gut zu mir, das hab ich nicht verdient.«

»Wie wahr. Aber was will man machen.« Peters grinste über beide Wangen. »Typischer Fall von Vertuschungsversuch, würde ich sagen. Erst wird die Kleine umgebracht, dann verpasst man ihr ein halbes Dutzend Einstiche und deponiert den Leichnam an einem Ort, wo sich besonders viele Junkies rumtreiben. Ich weiß nicht, aber anscheinend halten die uns für ziemlich blöd. Das merkt doch ein Blinder, dass das Mädchen mit Drogen nichts am Hut hatte. Also, wenn die uns schon hinters Licht führen wollten, dann hätten sie sich ruhig mehr Mühe geben können.«

»Das zum Thema Galgenhumor.« Bereit zu neuen Taten, sprang Sydow auf und wanderte unruhig auf und ab. »Halten wir fest: Wie in diesen Kreisen üblich, werden bei der Party unserer Kunden im Stephankiez Drogen eingeworfen, so auch von der Studentin Marie-Luise Lieberknecht, zum Zeitpunkt ihres Todes 19 Jahre alt. Da es sich nach Meinung einer über die Grenzen von Berlin hinaus bekannten Koryphäe um eine Erstkonsumentin handelt, ist davon auszugehen, dass der Genuss eines Joints im Verein mit dem darauffolgenden LSD-Trip die hinlänglich bekannten Folgeerscheinungen nach sich gezogen hat, das heißt, das spätere Mordopfer war komplett weggetreten. Um zu rekonstruieren, was danach geschah, bedarf es keiner großen Fantasie. Einer der Anwesenden – wer genau, wird sich noch zeigen – nutzt den hilflosen Zustand von Marie-Luise aus und fällt über sie her. Als sei dies noch nicht schlimm genug, überlässt er einem weiteren – ebenfalls noch zu identifizierenden – Anwesenden das Feld. Danach, tja danach überlässt man das bemitleidenswerte Opfer seinem Schicksal, will sagen, man überlässt es einfach sich selbst, und das mehrere Stunden lang.« Sydow schluckte. »Bis man es erstickt.«

»Nicht schlecht für einen Anfänger«, lobte Peters, der dem Drang, Sydow in die Parade zu fahren, einfach nicht widerstehen konnte. »Und wie erklärst du dir die Verbrennungen im Vaginalbereich?«

»Darüber, Herr Professor, möchte ich erst gar nicht nachdenken.«

»Brauchst du auch nicht.«

Sydow stutzte. »Wieso?«

»Ach so, bevor ich es vergesse: Bei der Obduktion wurden minimale Spuren von Kerzenwachs in besagtem Bereich ausfindig gemacht. Außerdem …« Peters rang nach Worten. »Guck nicht so, das Schlimmste kommt erst noch.«

»Wie bitte?«

»Die Vergewaltigung war so brutal, dass sie zu einem Riss zwischen der Vagina und dem After geführt hat.«

»Ist das dein Ernst, Heribert? Bitte sag, dass das nicht wahr ist!«

»Doch, Tom. Das ist es.« Die Augen gesenkt, nickte der Pathologe Sydow zu. »Sind wir uns einig, wer so etwas tut, gehört lebenslänglich hinter Gitter.«

»Ich fürchte, da kann ich dir nicht widersprechen, Dicker.« Erneut, und beileibe nicht zum ersten Mal, war für Sydow der Punkt erreicht, an dem er nicht mehr rational denken konnte, an dem seine Emotionen die Oberhand gewannen. Vorausgesetzt, die Dinge hatten sich in etwa so zugetragen, wie Heribert und er vermuteten, dann hatten sie es nicht bloß mit Kriminellen, sondern mit einem oder gar mehreren Sadisten zu tun. Mit Psychopathen, denen es Freude bereitete, ihre Opfer auf menschenverachtende Weise zu quälen. Mit

Leuten, die, zurückhaltend formuliert, mit 20 Jahren bei Wasser und Brot noch gut bedient waren. »Die bringe ich in den Knast, das gebe ich dir schriftlich.«

»Hoffentlich.«

»Und dann mach ich dem Gesindel die Hölle heiß.« An einen Mordfall, wo das Opfer eine vergleichbare Tortur erlitt, konnte sich Sydow nicht erinnern, zumindest nicht, was seine Tätigkeit als Kriminalbeamter betraf. Gewiss, an Morden hatte in Berlin seit der Jahrhundertwende kein Mangel geherrscht, vor allem nicht während der 20er-Jahre. In puncto Grausamkeit suchte der Fall Lieberknecht jedoch seinesgleichen, die Großmann-Morde einmal ausgenommen. In den frühen Zwanzigern, als Sydow noch ein kleiner Knirps war, hatte der wie er aus Neuruppin stammende Serienmörder mehr als 20 Frauen, zumeist Prostituierte und Obdachlose, auf teils bestialische Weise umgebracht. Wie hoch die wirkliche Zahl seiner Opfer war, hatte nie zweifelsfrei geklärt werden können, die Rede war von bis zu 100 Vermissten, mit deren Verschwinden Großmann in Verbindung stand. Tatsache war, dass von 1918 bis 1921 insgesamt 23 zerstückelte Frauenleichen gefunden worden waren, allesamt in der Nähe des Schlesischen Bahnhofs, wo der Serientäter einen Wurststand besaß. Gleichsam als Höhepunkt der an makabren Details reichen Mordserie waren bei der Verhaftung Großmanns in dessen Ofen die Reste verkohlter Hände gefunden worden, was einen Verdacht nahelegte, über den Sydow lieber nicht nachdenken wollte. Zu guter Letzt, das war das Wichtigste, war Großmann des Mordes angeklagt worden, zwar nur in drei Fällen, aber immerhin. Einer

Verurteilung war der Serientäter, unter dessen Opfern sich ein vierjähriges Mädchen befand, jedoch durch Selbstmord in seiner Zelle zuvorgekommen. Eine Tatsache, die von der Mehrheit der Berliner begrüßt worden war. »Na wartet, wenn ich euch kriege, könnt ihr euer Testament machen!«

»Und wenn nicht?«

»Daran, Herr Professor, verschwende ich keinen Gedanken«, erwiderte Sydow mit entschlossener Miene, hob lässig die Hand und wandte sich zum Gehen. »Du weißt doch, Heribert: Jeder kriegt, was er verdient!«

10

Berlin-Charlottenburg, Geschäftsstelle des SDS am Kurfürstendamm 140 | 13.45 h

»Na, Sohnemann, wie sieht's aus: Lust, dir einen Muntermacher reinzuziehen?«

»Lust schon, aber keine Zeit«, wimmelte Waldenmaier die Offerte ab, Seite an Seite mit einem Dealer, der sich auf dem Bahnsteig an seine Fersen geheftet hatte. Momentan hatte er jedoch Wichtigeres zu tun, als ein unbeschriebenes Blatt hopszunehmen, und so strebte er eiligen Schrittes dem Ausgang zu. »Ein andermal, okay?«

»Jetzt hab dich nicht so, Sohnemann, du wirst es nicht bereuen.«

»Erstens: Ich kann es nicht ausstehen, wenn ich von wildfremden Leuten geduzt werde.«

»Und zweitens?«

»Zum Zweiten rate ich dir, auf der Stelle die Fliege zu machen«, fuhr Waldenmaier den Unbekannten im Guru-Look an, sowohl Dealer als auch Konsument, wie ein flüchtiger Seitenblick bewies. »Sonst heize ich dir ein, dass dir Hören und Sehen vergeht.«

»Gib nicht so an, du halbe, Portion, sonst …«

»Sonst was?« Am Ausgang des Bahnhofes Zoo angelangt, wo sich Junkies, Freaks, Hare-Krishna-Jünger und jugendliche Ausreißer ein Stelldichein gaben, wurde es Waldenmaier zu bunt. »Ich zähle jetzt bis drei«, fuhr er den Drogendealer an, den Dienstausweis in der rechten Hand. »Wenn du bis dahin nicht verschwunden bist, kriegst du es mit mir zu tun.«

»Wohl von der Gestapo, wie?«, blaffte der Dealer, besann sich aufgrund von Waldenmaiers Drohgebärde jedoch eines Besseren und machte sich lauthals fluchend aus dem Staub.

Sydows Assistent ließ es geschehen. Die Absicht, die er verfolgte, ging vor, wenngleich ihn die Angst vor der eigenen Courage beschlich. Vor seinem Lehrmeister, ohne dessen Wissen oder ausdrücklichen Wunsch er unterwegs war, hatte er einen Heidenrespekt, und wenn er etwas vermeiden wollte, dann die Gefahr, nach allen Regeln der Kunst zur Minna gemacht zu werden.

Andererseits, das musste er nach reiflicher Überlegung einräumen, hatte sein Vorhaben etwas für sich, lag doch die Idee, unorthodoxe Methoden anzuwenden, auf der Hand. Anders, das stand zu befürchten, würden Sydow und er den Tatverdächtigen nicht beikommen, und da der Zweck die Mittel heiligte, schob er seine Bedenken beiseite.

Ohne Blick für die Flaneure, Pflastermaler und Straßenmusikanten, die durch das herrliche Wetter angezogen wurden, beschleunigte Waldenmaier seinen Schritt, hetzte bei Rot über die Ampel und schlug den Weg zum ›Café Kranzler‹ ein. Dort widerstand er dem Heißhunger, der ihn angesichts der Süßwarentheke befiel, und reihte sich in den Strom der Passanten ein, die der U-Bahn-Station Kurfürstendamm zustrebten. Wie an jedem Samstagnachmittag herrschte auch heute dichtes Gedränge, aber davon, wie von den opulenten Auslagen in den Schaufenstern, nahm Sydows Assistent kaum etwas wahr.

Zehn Minuten später, unweit der Haltestelle Adenauerplatz, hatte Waldenmaier sein Ziel erreicht. In letzter Zeit war das Eckhaus mit der Nummer 140 zu zweifelhafter Berühmtheit gelangt, nicht zuletzt, weil es zur Kulisse eines Attentats geworden war. Am 11. April, fast auf den Tag genau vor einem halben Jahr, war Rudi Dutschke, APO-Ikone und führender Kopf der Studentenbewegung, unweit des Eingangs der SDS-Geschäftsstelle niedergeschossen worden. Dass er überlebt hatte, glich einem Wunder, wobei Waldenmaier die Zweifel, die an ihm nagten, immer noch nicht überwunden hatte. Ob es sich bei dem Pistolenschützen tatsächlich um einen Einzeltäter gehandelt hatte, erschien ihm mehr als fraglich, doch war er zu sehr Idealist, um der Frage auf den Grund zu gehen. Einerlei, von wessen Standpunkt aus man die Vorkommnisse betrachtete, Josef Bachmann, ein eigens aus Bayern angereister Hilfsarbeiter, war in politischer Hinsicht alles andere als unverdächtig gewesen. Bei der Durchsuchung seiner Wohnung waren die Kollegen von der Münchner Kripo auf Porträts von Napoleon und Adolf Hitler gestoßen, weshalb sich Spekulationen über das Tatmotiv zu erübrigen schienen. Bachmann, so die Berichte in diversen Medien, war ein eingefleischter Kommunistenhasser gewesen, geboren in der Nähe von Zwickau und mit Mutter und trunksüchtigem Stiefvater in den Westen geflohen. Bei der Kripo war der Dutschke-Attentäter bald Stammkunde geworden, mit Straftaten, die von Hehlerei und Diebstahl bis zu schwerem Einbruch reichten. Als Krönung seiner Laufbahn war Bachmann bei einem Villeneinbruch an der Côte d'Azur auf frischer Tat ertappt und zu einem Jahr Gefängnis in Toulon bestraft worden, wie geschaffen, um der Öffentlichkeit als Einzeltäter mit krimineller Vergangenheit präsentiert zu werden.

Soweit die Vorgeschichte, und soweit der Täter, nach dem am 11. April mit allen verfügbaren Kräften gefahndet wurde. Bei seiner Festnahme hatte Bachmann auf die Kollegen, die ihn auf einer Baustelle in Tatortnähe ausfindig machten, das Feuer eröffnet, kein Wunder also, dass sich die Kunde davon in rasender Geschwindigkeit verbreitete. Ehe er seine Waffe gegen die Kollegen richtete, hatte Bachmann Tabletten eingeworfen, so die Version der Presse, die das Geschehen aus unmittelbarer Nähe verfolgte. Erst gegen 18 Uhr, also mehrere Stunden nach dem Attentat, hatte Bachmann, selbst lebensgefährlich verletzt, aufgegeben, wie der Innensenator auf einer eilends einberufenen Pressekonferenz berichtet hatte. Bei seiner Festnahme habe Bachmann einen Armdurchschuss erlitten und sei zwecks weiterer Behandlung ins Westend-Krankenhaus transportiert worden, mehr war von offizieller Seite aus nicht in Erfahrung zu bringen gewesen. Bis zum jetzigen Zeitpunkt, wo ein genesener Josef Bachmann in Tegel auf seinen Prozess wartete, war es nicht gelungen, die Zweifel an seiner alleinigen Täterschaft verstummen zu lassen. Man konnte es drehen und wenden, wie man wollte, die Beteiligten, allen voran Richter und Staatsanwalt, waren um ihre Arbeit nicht zu beneiden.

Genau wie er, Sven Waldenmaier, der den Versuch machte, Licht ins Dunkel eines ominösen Mordfalls zu bringen. Indizien gab es zwar genug, beginnend mit der Tatsache, dass die Tote dem Bild einer Drogensüchtigen nicht entsprach, bis hin zu der Spur, die geradewegs in den Stephankiez führte. In Bezug auf die Beweislage sah der Stand der Dinge jedoch alles andere als rosig, um nicht zu sagen dürftig, aus. Viel mehr hatte er den Angehörigen nicht berichten können, ein Job, den er sich bestimmt nicht ausgesucht hatte.

Vor der Tür des Eckhauses angelangt, hielt Waldenmaier abwartend inne. Egal, was noch passierte, jede Chance musste genutzt werden, um den Fall aufzuklären. Und sei sie auch noch so vage.

Deswegen, und nur deswegen, war er hier.

*

»Mann, haste Töne – was treibt dich denn hierher, großer Bruder?« Arno Waldenmaier, Mitarbeiter der Geschäftsstelle und Funktionär des SDS, war die Überraschung ins Gesicht geschrieben. »Haben sie dich geschasst, oder hat den Alten endlich der Schlag getroffen?«

»Vater geht es gut – und Mutter auch.«

»Na, dann bin ich ja beruhigt.« Solange Waldenmaier zurückdenken konnte, war der bärtige, langhaarige und bebrillte Polit-Aktivist mit der Che-Guevara-Mütze das exakte Gegenteil seines strebsamen und mit einem ausgeprägten Sinn für Ordnung ausgestatteten Bruders gewesen. Schon in der Schule, die sie zu seinem Verdruss gemeinsam besucht hatten, hatte das um vier

Jahre jüngere Sorgenkind seiner Eltern immer wieder von sich Reden gemacht, nicht durch die üblichen Pennäler-Streiche, sondern durch Aktionen, die Waldenmaier senior und die Lehrerschaft an den Rand der Verzweiflung getrieben hatten. Che, wie der seinem Vorbild in allen Punkten nacheifernde Klassenprimus genannt wurde, hatte sich nichts daraus gemacht und sämtliche Warnungen in den Wind geschlagen. Warnungen, die um ein Haar Realität geworden wären, hätte es Waldenmaiers Mutter nicht gegeben, die einen Canossagang nach dem anderen unternahm, damit ihr zum Revoluzzer mutiertes Nesthäkchen nicht vom Gymnasium flog. »Und sonst, Hilfssheriff: Was macht dein Job?«

»Der macht sich gut.«

»Wirklich?«

»Na ja, so gut nun auch wieder nicht«, antwortete Waldenmaier und ließ den Blick durch den von Nikotinschwaden durchzogenen Raum schweifen, dessen Wände mit den Konterfeis von Ho-Chi-Minh, Karl Marx und Mao bekleistert waren. Außer ihm, der naturgemäß wie ein bunter Hund auffiel, hielt sich dort mindestens ein Dutzend Personen auf, so auch mehrere alte Bekannte, das bei Demonstrationen und Krawallen von sich reden gemacht hatte. »Apropos: Wie sieht's eigentlich mit deinem Studium aus?«

»Na, so was!« Der Angesprochene kicherte affektiert. »Ich muss schon sagen, es geschehen noch Zeichen und Wunder.«

»Ich wüsste nicht, was daran so witzig ist«, gab Waldenmaier gereizt zurück. »Wenn ich dir schon 200 Piepen im Monat überweise, dann …«

»Hättest du gern, dass sie gut angelegt sind – verstehe.« Arno Waldenmaier, Student der Soziologie im dritten Semester, setzte ein hintergründiges Grinsen auf. »Was das betrifft, kann ich dich beruhigen. Besser als momentan könnte es nicht laufen. Politisch, meine ich.«

»Und beruflich? Oder meinst du, es wird ewig so weitergehen?«

»Nein, Sven. Bis wir das Establishment zum Teufel gejagt haben, wird es nicht mehr lange dauern. Und dann wird man weitersehen.«

»Wenn du dich da mal nicht irrst, Arno«, konterte Waldenmaier, im Zweifel, ob es nicht besser sei, den Rückzug anzutreten. »Du und deine Gesinnungsfreunde, ihr macht euch da etwas vor.«

Die Antwort fiel anders aus als erwartet. »Komm schon, Sven«, lenkte der SDS-Aktivist in gedämpftem Tonfall ein, die Umstehenden im Blick, deren Gespräche fast gleichzeitig verstummt waren. »Du bist doch nicht hier, um mit mir über Politik zu diskutieren, oder?«

»Stimmt.«

»Und worum, um endlich Nägel mit Köpfen zu machen, dreht es sich?«

»Weder um dich noch um mich noch um unsere Eltern«, antwortete Sydows Assistent und hielt Ausschau nach einem Ort, wo man sich ungestört unterhalten konnte. »Was meinst du, wo können wir beide unter vier Augen reden?«

»Unter vier Augen? Du steckst doch nicht etwa in Schwierigkeiten?«

»Kommt drauf an, wie man es betrachtet«, gestand Waldenmaier und folgte seinem Bruder in ein Hinterzimmer, in dem ein Vervielfältigungsapparat, Papier, Transparente und rote Fahnen aufbewahrt wurden. »Sagen wir mal so: Ich bitte dich, mir einen Gefallen zu tun.«

»Höre ich richtig: Ich soll dir einen …?«, begann der Aktivist der ersten Stunde, in dessen Tonfall eine gehörige Portion Argwohn mitschwang. »Ich und dir einen Gefallen tun, dass ich das noch erleben darf!«

»Wie du sagst, Arno – es geschehen noch Zeichen und Wunder.«

»Mach's nicht so spannend, Bruderherz, was liegt an?«

Waldenmaier wartete ab, bis die Tür hinter dem 20-Jährigen ins Schloss gefallen war. Dann sagte er: »Gegenfrage. Wie gut kennst du dich in der Szene aus?«

»Besser als du, nehme ich an«, erwiderte der passionierte Kettenraucher, nahm eine Schachtel Gauloises zur Hand, die sich in der Brusttasche des verschwitzten Khakihemdes befand, und steckte sich den letzten dort verbliebenen Glimmstängel in den Mund. »Wieso?«

»Was sagt dir der Name Langenkamp?«

»Eine Menge«, tat Waldenmaiers Gegenüber kund, entzündete die Fluppe und setzte eine teilnahmslose Miene auf. »Warum fragst du?«

»Und die Namen Habermaier und Kleinhans?«

»Um Missverständnissen vorzubeugen, wir sind hier nicht im Präsidium.«

»Du wirst lachen, das habe ich auch schon gemerkt.« Die Hände in der Tasche, begutachtete Waldenmaier den Vervielfältigungsapparat, ein häufig benutztes Requisit, wie die Papierbögen in den staubbedeckten Wandregalen bewiesen. »Alles, worum ich dich bitte, sind ein paar Auskünfte – nicht mehr.«

»Aber auch nicht weniger.«

»Ist das etwa zu viel verlangt?«

»Solange du nicht erwartest, dass ich …«, ereiferte sich das personifizierte Gegenstück seines älteren, politisch eher desinteressierten und vom Ambiente nicht gerade angetanen Bruders, nur um mitten im Satz zu verstummen. »Du willst doch nicht etwa, dass ich für euch spioniere?«

»Doch«, räumte Waldenmaier mit entwaffnender Offenheit ein, trat bis auf wenige Zentimeter an seinen Bruder heran und sagte: »Wie oft ich dir aus der Patsche geholfen habe, weiß ich nicht mehr. Und wie oft du mich angepumpt hast, auch nicht. Eins aber weiß ich genau: Ohne mich wärst du längst aufgeschmissen gewesen. Halt die Luft an, Arno, ich kann mir vorstellen, was jetzt kommt. Der Alte, wie du Vater zu nennen pflegst, hat dich schon immer auf dem Kieker gehabt. Mag sein, das ist so, aber wenn du ehrlich bist, musst du zugeben, dass ich dich immer in Schutz genommen habe. Öfter noch, als es nötig gewesen wäre. Stimmt's oder hab ich recht?«

»Danke für den Hinweis, aber noch leide ich nicht an Gedächtnisschwund.«

»Damit wir uns richtig verstehen, Arno. Hier geht es nicht um irgendwelche Schnüffeleien, das überlasse ich dem LfV.«

»Und das von einem Polizeibeamten, du solltest dich was schämen!«

»Damit du es weißt, kleiner Bruder«, konterte Waldenmaier, auf dessen Gesicht sich deutliche Spuren von

Unmut zeigten. »Momentan ist mir nicht nach Scherzen zumute.«

»Kann ich verstehen, bei dem Job.«

»Lange Rede, kurzer Sinn, Kleiner. Ich gebe dir Bedenkzeit bis heute Abend. Damit ich weiß, woran ich bei dir bin.«

»Und was, wenn ich mich querstelle?«

»Das wirst du nicht, da bin ich mir sicher. Wie gesagt, hier geht es nicht um die üblichen Schnüffeleien. Hier geht es um Mord, um kaltblütigen, erbarmungslosen Mord. Aber darüber später mehr.« Sichtlich angespannt, legte Waldenmaier eine Pause ein. »Kurz und gut: Dass du dich querstellst, wenn ich dich um einen Gefallen bitte, kann ich mir nicht vorstellen. Beim besten Willen nicht. Es sei denn …«

»Es sei denn?«

»Es sei denn, du ziehst es vor, mit Mördern in einen Topf geworfen zu werden«, antwortete Waldenmaier, nahm seinem Bruder den Glimmstängel aus der Hand und flüsterte: »Du hast die Wahl, Bruderherz, überleg es dir!«

DRITTES KAPITEL

FREISPRUCH (II)

Freispruch für Teufel und Langhans

rb. **Berlin**, 23. März

Mit einem Freispruch endete gestern in Moabit der Prozess gegen die Kommunarden Rainer Langhans und Fritz Teufel. Sie waren angeklagt, durch Flugblätter zur menschengefährdenden Brandstiftung aufgefordert zu haben. In seiner Urteilsbegründung erklärte der Vorsitzende, dieser von der Staatsanwaltschaft erhobene Schuldvorwurf habe sich nicht nachweisen lassen.

(»*BILD*«, 23. März 1968)

11

Berlin-Tiergarten, Abteilung K der Zentralen Kriminaldirektion in der Keithstraße | 14.40 h

»Na, auch schon da?« Bis vor Kurzem war Eduard Krokowski, seit 20 Jahren Sydows Assistent, das Musterbeispiel eines Kriminalbeamten gewesen. Stets höflich, mit guten Manieren und einem ausgeprägten Hang zur Pedanterie, also das genaue Gegenteil des um 15 Jahre älteren Lehrmeisters, der es sich zur Gewohnheit gemacht hatte, überall und zu jeder Zeit anzuecken. Genau so war ›Kommissar Knigge‹, wie der stolze Besitzer einer Sammlung karierter Sakkos und schockfarbener Fliegen hinter vorgehaltener Hand genannt wurde, in Erscheinung getreten. In Polizeikreisen, wo er einen untadeligen Ruf besaß, galt Kroko als kauziger Exot, aber das ließ den 40-Jährigen kalt. Unfreiwillig oder nicht, der Mann mit dem näselnden Tonfall war und blieb ein Original. In erster Linie lag das an seiner Garderobe, die, gelinde gesagt, ein wenig aus dem Rahmen fiel. Zitronengelbe Fliege, Vatermörder, weißes Hemd, kariertes Sakko und als Krönung die potthässliche Hornbrille, das war Eduard Krokowski, wie er leibt und lebte.

Aber damit, wie beim Eintreten des Kollegen unschwer zu erkennen, war jetzt Schluss. Aus Eduard Krokowski, dem eingefleischten Junggesellen, war über Nacht ein Dressman geworden. Vergessen waren das karierte Sakko, der gestärkte Kragen, die exotische, wenn auch tadellos sitzende Montur. Vergessen auch, welch Wunder, die Intelligenzprothese, an deren Stelle eine Modebrille mit chromfarbenem Gestell getreten war. Um zu erkennen, dass es sich tatsächlich um seinen Kollegen handelte, musste Sydow zweimal hinsehen, und selbst dann wurde er das Gefühl nicht los, einer Sinnestäuschung zu erliegen. »Mein lieber Schwan, hast du dich aber herausgeputzt.«

Die Retourkutsche ließ nicht lange auf sich warten. »Was man von dir, mein lieber Tom, leider nicht sagen kann«, ließ Kroko mit hochgezogener Braue verlauten, kein Freund von Jeans, T-Shirts und Flanellhemden, wie der ungnädige Blick bewies. »Wenn Lea wüsste, wie du rumläufst, wäre die Hölle los.«

»Ich kann dich beruhigen, du James-Bond-Verschnitt. Das ist sie auch so.«

»Ärger mit den Vorgesetzten, ein vertrackter Fall oder Gewichtsprobleme?«

»Alles zusammen, damit mir nicht zu wohl wird«, blaffte Sydow und deutete auf den Bericht der Spurensicherung, den Konopka vor einer Viertelstunde vorbeigebracht hatte. »Setz dich, du Gigolo, das Lotterleben ist vorbei.«

»Andauernd diese Anspielungen, man wird sich doch mal einen schönen Abend machen dürfen!«

»Schöner Abend, nennt man das seit Neuestem so?« Angesichts der Hänseleien, die bei Sydow gang und gäbe waren, wäre jeder andere außer Eduard Krokowski zum Mörder geworden. Dieser Tatsache war sich sein Partner mehr denn je bewusst. »Jetzt rück schon raus damit, wie heißt die Glückliche?«

»Was meinst du, sollten wir nicht besser über den aktuellen Fall reden?« Halt dich da raus, Tom. Das geht dich nichts an. Anders konnte man den stechenden Blick nicht interpretieren. »Dafür werden wir schließlich bezahlt.«

»Was du nicht sagst, du Schlaumeier.« Die Kladde vor Augen, welche die Erkenntnisse der Spurensicherung zum Fall Lieberknecht enthielt, schnitt Sydow eine missmutige Grimasse. Anhand der Fingerabdrücke, die auf dem Vordersitz und der Ladefläche hinterlassen worden waren, wurde deutlich, dass der VW-Bus am Vorabend von zwei Personen benutzt worden war. Ergo: Habermaier, Wortführer des illustren Quartetts, hatte gelogen, dass sich die Balken bogen. Um wessen Abdrücke es sich handelte, blieb offen, und Sydow war lange genug im Geschäft, um voreilige Schlüsse zu vermeiden. Egal, wie man die Angelegenheit betrachtete, an einer Vorladung von Langenkamp und Konsorten führte kein Weg vorbei. Nur so, das heißt per Fingerabdruck, würde es gelingen, die Betreffenden zu identifizieren.

Ob es sich bei den beiden auch tatsächlich um die Mörder der 19-jährigen Studentin handelte, stand auf einem anderen Blatt. Als Täter kam so gut wie jeder Partygast infrage, also nicht nur die vier Edel-Hippies von vorhin, die getan hatten, als wüssten sie von nichts. Unter Drogeneinfluss, dessen war sich Sydow bewusst, war der Mensch zu allem fähig, auch dazu, wie ein Tier über eine wehrlose Frau herzufallen. Gut möglich also, dass Habermaier und Konsorten mit dem Mord nichts zu tun und lediglich mitgeholfen hatten, den Tathergang zu verschleiern. Will heißen, ihm stand noch jede Menge Arbeit bevor, weit mehr, als unter den gegebenen Umständen wünschenswert gewesen wäre.

Wer war an der Tat beteiligt und wer, fast ebenso wichtig, war mit von der Partie gewesen, als es darum ging, sie zu vertuschen? Handelte es sich um eine Angelegenheit, die Habermaier und Co unter sich ausmachen mussten, oder handelte es sich bei Letzteren nur um Helfershelfer, die das Pech gehabt hatten, dass er ihnen auf die Spur gekommen war? Das und vieles mehr, so zum Beispiel das Motiv, galt es zu klären. Eine Aufgabe, um die Sydow nicht zu beneiden war.

Fazit: Solange nicht feststand, wer am Steuer des VW-Busses gesessen hatte, würden die Ermittlungen auf der Stelle treten. Diese Tatsache musste er notgedrungen akzeptieren. »Wenn ich dich nicht hätte, Kroko, könnte ich einpacken.«

»Zur Sache, Tom. Worum dreht es sich?«

»Um den Mord an einer Studentin, wenn ich es mal so ausdrücken darf.« Um Kroko auf den neuesten Stand zu bringen, fasste Sydow die Ereignisse des Vormittags zusammen. »Noch Fragen, Herr Kollege?«

Krokowski schüttelte den Kopf. »Wie kann ein Mensch nur so tief sinken«, murmelte er, hängte sein nagelneues Jackett in den Schrank und ließ sich auf dem Stuhl vor Sydows Schreibtisch nieder. »Das würde ich gerne wissen.«

»Du wirst lachen, ich auch.«

Die Ellbogen auf der Schreibtischkante, verfiel Kroko in tiefes Brüten. »Aus Mangel an Beweisen freigesprochen – das darf und wird nicht passieren.«

»Ganz deiner Meinung, Kroko.«

»Das heißt, wir brauchen Beweise. Beweise – und keine Indizien. Sonst machen wir uns zum Affen.«

»Du sagst es.«

»Deine Hypothese?«

»Schwer zu sagen.« Sydow zuckte die Achseln. »Wenn du mich fragst, ich würde auf Obermann und Habermaier tippen.«

»Und was ist mit Langenkamp?«

»Ich weiß, ich kann mich irren, aber ... Sagen wir mal so: Diesem Milchbubi traue ich so etwas nicht zu.«

»Wenn du dich da mal nicht irrst«, entgegnete Krokowski, erhob sich und trat ans Fenster. »Wozu sie fähig sind, sieht man den Leuten oft nicht an.«

»So ungern ich es tue, aber auch hier muss ich dir recht geben.«

»Wie schön. Und was steht sonst noch in dem Bericht?«

»Außer Speichelresten wurden Hautpartikel und ein Büschel Haare gefunden. Wessen Haare, bedarf der genaueren Untersuchung. Ach so, noch etwas: Die Spritze, die Konopka gefunden hat, wurde nie benutzt. Na, was will uns das alles sagen?« Sydow stieß einen lang gezogenen Seufzer aus. »Wenn es dir nichts ausmacht, Eduard, würde ich dich bitten ...«

»Einen kleinen Ausflug ins Gruselkabinett des Heribert Peters zu machen, um zu klären, ob sie vom Mordopfer stammen?«

»Du bist ein wahrer Freund, weißt du das?«

»Und du ein elender Heuchler.« Ein amüsiertes Lächeln im Gesicht, drehte sich Krokowski um, legte die Handflächen aneinander und verkündete: »Fassen wir zusammen: Am gestrigen Abend, genauer gesagt zwischen 19 und 20 Uhr, wird Marie-Luise Lieberknecht, Studentin im dritten Semester an der FU, während einer Party im Stephankiez zu Moabit unter Drogen gesetzt, von zwei Männern vergewaltigt beziehungsweise misshandelt und wenige Stunden später erstickt.«

»Circa fünf Stunden später, falls du verstehst, was ich meine.«

»Jetzt leg doch nicht jedes Wort gleich auf die Goldwaage, du Mimose.« Krokowski warf Sydow einen missbilligenden Blick zu. »Ich kann mir vorstellen, was sie durchgemacht hat.«

»Fahren Sie fort, Herr Kriminalkommissar, ich bin ganz Ohr.«

»Aber nur, wenn du nicht mehr dazwischenquasselst. Nun gut, laut Aussage einer Anwohnerin, die den Vorgang beobachtet, wird das Mordopfer im Zuge einer Nacht-und-Nebel-Aktion am Spreeufer deponiert, mit der Absicht, die in Tateinheit mit schwerer Misshandlung erfolgte Vergewaltigung auf amateurhafte Art und Weise zu vertuschen.«

»Prägnanter geht es nicht, Kroko. Wie machst du das bloß!«

»Gekonnt ist eben gekonnt.« Krokowski lächelte gekünstelt in die Runde. »Was uns zu der Frage bringt, wo und durch wen die abscheuliche Tat be… Sag mal, hörst du mir überhaupt zu?«

»Klar.«

»Und warum schielst du dann andauernd auf die Uhr?«

»Um dich zu ärgern, weshalb denn sonst.« Sydow stieß einen gedämpften Stoßseufzer aus. Dann beäugte er sein Gegenüber und sagte: »Spaß beiseite, Waldenmaier ist seit zwei Stunden überfällig. Eigentlich müsste er längst hier sein.«

»Keine Sorge, der wird schon wissen, was er tut.«

»Na gut, wenn du dir da so sicher bist.« Nach einem neuerlichen Blick auf seine Armbanduhr, die exakt 15 Uhr anzeigte, klappte Sydow die vor ihm liegende Kladde zu. »Lange Rede, kurzer Sinn: Solange wir nicht wissen, von wem die Fingerabdrücke stammen, ist Däumchen drehen angesagt.«

»Also, ich will dir ja keine Vorschriften machen, aber wäre es nicht das Einfachste, wenn wir die vier Herrschaften mal eben kurz hierher verfrachten würden? Wirst schon sehen, denen wird die Lust am Lügen vergehen. Ein Wink mit dem Zaunpfahl, und die sind so klein mit Hut.« Um das Gesagte zu veranschaulichen, manövrierte Kroko den Zeigefinger so nah wie möglich an die Daumenkuppe heran, fletschte die makellos weißen Zähne und sprach: »Reden bringt nichts, lass uns Nägel mit Köpfen machen.«

»Die werden uns was husten, das ist so sicher wie das Amen in der Kirche.«

»Werden sie nicht.«

»Und wenn doch?«

»Falls dem so wäre, müssen wir sie zu ihrem Glück zwingen.« Krokowski setzte eine verdrossene Miene auf. »Aus dir soll mal einer schlau werden, Tom. Erst setzt du Himmel und Hölle in Bewegung, um dieser Sippschaft das Handwerk zu legen, und dann, wenn's drauf ankommt, ziehst du auf einmal den …«

»Schwanz ein, gut beobachtet.« Gänzlich unbeeindruckt von den harschen Worten, öffnete Sydow die Schreibtischschublade und zog das Schreiben mit dem Dienststempel des Polizeipräsidenten hervor. »Hier, lies – vielleicht verstehst du mich dann besser.«

»Betrifft: Stellungnahme in Bezug auf das laufende Verfahren betreffs Pflichtverletzung im Dienst.« Ein Blick auf das Schriftstück, das Sydow ihm in die Hand gedrückt hatte, und Eduard Krokowski, Kripo-Beamter mit Leib und Seele, verstand die Welt nicht mehr. »Sag mal, haben die den Verstand verloren?«

»Genau das, mein Freund und Weggefährte, frage ich mich auch.«

»Und was jetzt?«

»Jetzt ist guter Rat teuer, Eduard.« Das Kinn auf der Daumenkuppe der rechten Hand, wanderte Sydows Blick ins Leere. »Du weißt ja, wie die hohen Herren sind. Die würden ihre Großmutter verkaufen, damit sie vor der Öffentlichkeit mit sauberer Weste dastehen.«

»An allem ist nur dieser Kurras schuld, da kannst du sagen, was du willst.«

»Schuld oder nicht, das Lachen dürfte den Herrn Kollegen vergangen sein. Passiert schließlich nicht alle Tage, dass der BGH einen Freispruch für null und nichtig erklärt.«

»Und was, bitte schön, hat das mit dem Fall Lieberknecht zu tun?«

»Eine Menge.«

»So, meinst du.«

»Nur nicht durch den Kakao gezogen werden, nur nicht in die Schlagzeilen geraten, nur nicht unangenehm auffallen. Die da oben sind doch alle gleich. Nimm mal an, wir würden einen auf John Wayne machen und den Spezis im Stephankiez zeigen, wo's langgeht. Ich garantiere dir, Kroko, wir wären noch nicht hier, und schon würde irgendein Klugscheißer von Anwalt auf der Matte stehen und versuchen, uns die Leviten zu lesen. Nee, Kroko, was das angeht, ist mir das Risiko zu groß. Angenommen, wir veranstalten ein Riesentamtam und es stellt sich heraus, dass die Fingerabdrücke von Habermaier und Co mit denjenigen im VW-Bus nicht identisch sind – was glaubst du, was dann los wäre! Und selbst wenn, dann …«

»Heißt das noch lange nicht, dass sie die Tat auch begangen haben, verstehe.«

»Du weißt doch, ein geschickter Anwalt kann diesbezüglich Wunder bewirken.« Sydow atmete tief durch. »Glaub mir, Kroko: Jetzt, wo sie mich auf dem Kieker haben, muss ich mir haargenau überlegen, was ich tue. Hock-Schwartenberg wartet nur darauf, mir eins reinzuwürgen, das weißt du so gut wie ich.«

»Hock-Schwartenberg, den nimmt doch keiner mehr für voll.«

»Ich will dir mal was sagen, Sportsfreund. Typen wie der können uns das Leben verdammt schwer … Herrgott noch mal, Manni, kannst du nicht anklopfen? Was, zum Teufel, ist denn jetzt schon wieder los?«

An Anschnauzer aus Sydows Mund längst gewöhnt,

bewahrte Konopka seine schicksalsergebene Ruhe. »Der Alte schickt mich, er will dich sprechen.«

»Wie heißt es doch so schön?«

»Wenn man vom Teufel redet, erhält man eine Vorladung«, nahm Sydow den Ball von Krokowski auf, zwinkerte ihm zu und machte seinem Unwillen durch einen gekünstelten Seufzer Luft. »Na, dann wollen wir mal sehen, was der Herr Kriminalrat auf dem Herzen hat!«

*

»Den Fall abgeben, meinen Sie das ernst?«

»Jetzt machen Sie mal halblang, Herr Kollege«, antwortete Karl-Theodor zu Hock-Schwartenberg, aus Gründen, die Sydow nicht nachvollziehen konnte, vor Jahresfrist zum Leitenden Kriminalrat des Morddezernats ernannt. »So schlimm, wie Sie tun, ist die Sache nicht.«

»Kommt drauf an, wie man es sieht.«

»Hier gibt es nichts zu diskutieren, Sydow. Meine Entscheidung steht fest.«

»In diesem Fall halte ich es für ratsam, sie zu überdenken.« Bevor er weitersprach, ließ Sydow einige Sekunden verstreichen. Doch der Unmut, der sich in ihm angestaut hatte, war stärker. »Ich weiß, Sie werden es nicht gern hören, aber ich halte das für eine Riesensauerei.«

»Also wirklich, Sydow. Von einem Mann Ihrer Herkunft hätte ich bessere …«

»Umgangsformen erwartet?«

»Ich sehe, wir verstehen uns«, waberte es aus dem Mund des Zweieinhalb-Zentner-Mannes, dank exzellenter Beziehungen in Rekordzeit auf den Chefsesel gehievt, von wem und warum, war und blieb ein Geheimnis. »Aber was nicht ist, kann ja noch werden.«

»Wie man in den Wald hineinruft, Herr Kriminalrat, so hallt es wieder heraus.« Eins musste man dem Karrieristen, der gut und gern sein Sohn hätte sein können, lassen. Er hatte sich seinen Spitznamen redlich verdient. Wobei ›Kröte‹, wie Hock-Schwartenberg hinter vorgehaltener Hand genannt wurde, angesichts seiner Leibesfülle beinahe noch geschmeichelt war. Einen Fehler, der schon etlichen Kollegen unterlaufen war, durfte man dennoch nicht begehen. Nämlich den, Hock-Schwartenberg zu unterschätzen. Ohne eigenes Zutun, sprich Ellbogen, wäre der selbstgefällige, als extrem nachtragend geltende und mit einem Hang zum Snobismus behaftete Liebhaber kubanischer Zigarren ganz bestimmt nicht so weit gekommen. Wie der Blick aus nahezu wimpernlosen Glubschaugen bewies, war Hock-Schwartenberg auch jetzt auf der Hut, wie eine fettstrotzende alte Kröte, die auf leichte Beute lauert.

Allein, was das betraf, hatte er sich den Falschen ausgesucht. Sydow war nicht der Typ, der sich an den Karren fahren ließ, erfahren im Umgang mit kleinkarierten Despoten, deren Pfade er während der vergangenen drei Jahrzehnte gekreuzt hatte. »Als Führungskraft müssten Sie das eigentlich wissen.«

»Hüten Sie Ihre Zunge, Sydow«, zischte Hock-Schwartenberg, blähte die Nasenflügel und stierte ihn wie ein angriffsbereites Reptil an. »Sonst …«

»Sonst?«, wiederholte Sydow, im Begriff, jegliche Zurückhaltung über Bord zu werfen. Typen wie Hock, an denen in seinem Metier kein Mangel herrschte, hatte er gefressen, egal wie ausgefeilt ihre Drohgebärden waren. »Nur zu, ich habe einen breiten Rücken.«

Die neuerliche Provokation, so kalkuliert sie auch sein mochte, verhallte scheinbar ungehört. »Nun ja«, gestand Hock-Schwartenberg in jovialem Ton, wovon Sydow sich freilich nicht blenden ließ, »wenn ich Sie wäre, würde ich wahrscheinlich nicht anders reagieren.« Dann zündete er sich eine Zigarre an, lehnte sich zurück und beobachtete die Rauchkringel, die zur Decke seines mit allen Schikanen eingerichteten Büros emporschwebten. »Auch eine?«

»Nur dann, wenn ich angeheitert bin«, gab Sydow zur Antwort, ein Witz, der in der Tat einen Bart hatte. In Bezug auf Hock-Schwartenberg, der ein wie einstudiert klingendes Lachen von sich gab, erfüllte er jedoch seinen Zweck. »Das heißt, zumeist nur an Weihnachten.«

»Ich sag's ja, Humor muss der Mensch haben!«, tönte der Fettwanst, ausstaffiert mit einer Falsettstimme, deren Klang die Aversionen gegen ihren Urheber noch verstärkten. »Stimmt's, oder hab ich recht?«

»Was mich betrifft, ist mir das Lachen vergangen. Warum, bedarf keiner Erläuterung.«

»Wie ich bereits sagte: Dafür habe ich vollstes Verständnis«, entgegnete Hock-Schwartenberg in süßlichem Ton, so hinterhältig, dass Sydow beinahe schlecht davon wurde. »Und weil dem so ist, habe ich eine kleine Überraschung parat.«

»Aber bitte keine Pralinen, von denen kriege ich immer Sodbrennen.«

Hock-Schwartenberg lachte schrill. »Sie sind mir vielleicht einer«, prustete er, den Zeigefinger tadelnd in die Höhe gereckt. »An Ihnen sollte sich jeder Komiker ein Beispiel nehmen.«

Sydow, der sich der Doppelbödigkeit der Bemerkung voll bewusst war, verzog keine Miene. »Sie haben eine Überraschung für mich, sagen Sie?«

»Oh ja, die habe ich«, bekräftigte sein Vorgesetzter, richtete sich auf und flötete: »Ich weiß, ich werde mir eine Menge Ärger einhandeln, aber das ist mir gleichgültig. Man hat ja schließlich ein Herz für seine Untergebenen, oder? Wie dem auch sei, nach reiflicher Überlegung habe ich mich entschlossen, das gegen Sie eingeleitete Verfahren bis auf Weiteres ruhen zu lassen. Na, was sagen Sie jetzt?«

»Und woher, wenn die Frage erlaubt ist, dieser plötzliche Sinneswandel?«

Binnen Sekundenbruchteilen war die aufgesetzte Jovialität verschwunden, so schnell, als habe es sie nie gegeben. »Ich bin Ihnen keine Rechenschaft schuldig, merken Sie sich das!«

»Stimmt.«

»Na also, wo liegt dann das Problem?«, keifte Hock-Schwartenberg, dermaßen außer sich, dass er vergaß, die Asche seiner Havanna abzuklopfen. »Ihnen kann man es nicht recht machen, wissen Sie das?«

»Ihre Zigarre, Herr Kriminalrat«, erwiderte Sydow mit versteinerter Miene und deutete auf die Aschereste, die auf die blank polierte und bis auf ein Schreibetui leere Tischplatte niederrieselten. »Immer mit der Ruhe, so etwas kommt vor.«

»Na schön, wie Sie wollen«, geiferte Hock-Schwartenberg mit wutentbrannter Miene, drückte seine Zigarre aus und stierte Sydow wie ein angriffslustiger Eber an. »Damit Sie Bescheid wissen, Sydow. Auf mich können Sie nicht mehr zählen.«

»Wie schade. Trotzdem wäre ich Ihnen verbunden, wenn Sie meine Frage beantworten würden. Zuerst wollen Sie mir an den Karren fahren, und dann – hört, hört! – stehen die Zeichen auf Entwarnung. Alles, was recht ist: Aber das merkt ja der Dümmste, dass Sie mit gezinkten Karten spielen.«

»Ich verbitte mir diesen Ton, haben wir uns verstanden?«

»Leider nicht, Herr Kriminalrat, es sei denn, Sie sind Manns genug, mir reinen Wein einzuschenken.«

»Also, das ist ja wohl die Höhe!«, ereiferte sich Hock-Schwartenberg, dessen Glubschaugen vor Zorn beinahe aus den Höhlen sprangen. »Wissen Sie eigentlich, mit wem Sie sprechen?«

»Zu Ihrer Information, *Herr* Hock-Schwartenberg: Als Ihre Vorfahren noch Hoflieferanten waren, hat mein Urgroßvater bei Jena und Auerstedt seinen Hintern hingehalten, um zu retten, was nicht mehr zu retten war! Also erzählen Sie mir nicht, wie ich mich zu benehmen habe. Und noch etwas. Falls möglich, möchte ich Sie bitten, mich bei meinem vollen Namen anzureden, Herr *zu* Hock-Schwartenberg. Das ist doch wohl nicht zu viel verlangt, oder?«

»Hiermit suspendiere ich Sie vom Dienst, *Sydow*. Was jetzt kommt, haben Sie sich selbst zuzuschreiben.«

»Wer hat darauf gedrungen, dass ich den Fall abgeben muss? Können oder dürfen Sie es nicht sagen?«

»Raus hier, aber ein bisschen plötzlich!«

Die Hand auf der Türklinke, drehte sich Sydow um. »Wenn Sie denken, Sie könnten mich mundtot machen, haben Sie sich geschnitten, Schwartenberg. Ich werde so lange keine Ruhe geben, bis die Hintergründe des Falles aufgeklärt sind – ob mit oder ohne Ihren Segen, ist mir egal. Ob Sie dann allerdings noch auf Ihrem Chefsessel sitzen, bleibt abzuwarten. Schönen Tag noch, Herr Kriminalrat, auf baldiges Wiedersehen!«

*

Toll gemacht, Tom. Jetzt hast du den Salat. Auf dem Weg in sein Büro, um seine Siebensachen zu packen, war Sydows Stimmung auf dem Nullpunkt angelangt. Erneut, und leider Gottes nicht zum ersten Mal, war der Gaul mit ihm durchgegangen, zu einem Zeitpunkt, wo Zurückhaltung das Gebot der Stunde gewesen wäre. So schnell brauchte er sich hier nicht mehr blicken zu lassen. Sonst würde er alles nur noch schlimmer machen.

Ob Hock-Schwartenberg tatsächlich ernst machen und auf seiner Suspendierung bestehen würde, stand auf einem anderen Blatt. Fest stand, dass der Mann nicht nur etwas zu verbergen, sondern jede Menge Dreck am Stecken hatte. Andernfalls, das war offensichtlich, hätte er nicht versucht, ihm den Entzug des Falles schmackhaft zu machen. Nun gut, vielleicht sah er etwas bescheuert aus, aber so dämlich, die Manöver eines Hock-Schwartenberg zu durchschauen, war er nun wirklich nicht.

In Gedanken bei den Motiven, die der Herr Kriminalrat hatte, lachte Sydow verächtlich auf. Zuerst versuchen, ihn mit der Peitsche zu traktieren, um dann, zwecks Vermeidung unliebsamer Enthüllungen, einen auf verständnisvoll zu machen und ihm einen mit Zucker bestreuten Appetithappen zu servieren. Das sah dieser aufgeschwemmten Kröte ähnlich.

Apropos Enthüllungen. Dass die Aktion nicht auf Schwartenbergs Mist gewachsen war, war sicher. Somit stellte sich die Frage, auf wessen Initiative sie zustande gekommen beziehungsweise wer daran interessiert war, dass die Ermittlungen im Fall Lieberknecht im Sand verliefen. So sie überhaupt, wie der in ihm aufkeimende Verdacht nahelegte, jemals aktenkundig wurden. In Sydows Karriere, bei der er Höhen und Tiefen jeglicher Art durchlitten hatte, wäre dies nicht das erste Mal gewesen, dass der Versuch unternommen wurde, laufende Ermittlungen zu torpedieren. Davon, wie auch von den Strippenziehern im Hintergrund, konnte Sydow stundenlange Arien trällern.

Cui bono, wer, so die ungewisse Frage, hatte einen Nutzen davon, wenn der Mord an der Studentin zu den Akten gelegt wurde? Wer hatte Hock-Schwartenberg angewiesen, ihm die Leitung der Ermittlungen zu entziehen? Speichellecker vom Schlage des Herrn Kriminalrats würden nie und nimmer auf eigene Faust handeln, das sagte ihm sein Instinkt. Wenn also nicht sein Intimfeind Nummer eins, wer dann? Bei wem durfte Sydow sich für die Klemme, in der er steckte, bedanken? Das war die, einstweilen unbeantwortete, Frage.

Eine Frage, der er trotz oder gerade wegen der

Machenschaften von Hock-Schwartenberg auf den Grund gehen würde.

»Na, Tom – wie geht's denn so?« Am Fußende der Treppenflucht angelangt, die zu seinem im ersten Stock gelegenen Büro führte, hielt Sydow überrascht inne. »Lange nicht mehr gesehen.«

»Das kannst du aber laut sagen, Günther.« Trotz allem angenehm überrascht, schüttelte Sydow der um 15 Jahre jüngeren, im Gegensatz zu ihm deutlich schlankeren und mit überbordendem Optimismus ausgestatteten Frohnatur die Hand. »Wie geht's, wie steht's?«

»Kann nicht klagen«, erwiderte Günther Merz, eine Bohnenstange von einem Mann und ehemaliger Nachbar aus Schöneberg, der lange Jahre Dienst auf dem dortigen Revier geschoben hatte. »Weißt du schon das Neueste?«

»Du machst eine Abmagerungskur, stimmt's?«

»Hahaha, ich lach mich gleich tot!«, gab Merz gut gelaunt zurück, nur um augenzwinkernd hinzufügen: »Ab ersten Januar werden wir uns öfter sehen.«

»Sag bloß, du gehst zur Kripo!«

»Du hast es erfasst.« Merz strahlte über beide Wangen. »Jetzt guck nicht so, was ist denn daran so schlimm?«

Sydow, im Lichte unlängst gemachter Erfahrungen alles andere als begeistert, machte eine beschwichtigende Geste. »Gar nichts, Günther – Gratulation.« Und versuchte, das Gespräch in andere Bahnen zu lenken: »Was macht denn … Wie hieß dein Partner beim Streifendienst doch gleich?«

»Siebert – Klaus Siebert.«

»Und wie geht's ihm?«

»Frag mich mal was Leichteres«, antwortete Merz, dem der Themenwechsel überhaupt nicht zu behagen schien. »Wie lange wird das her sein, zwei Jahre oder drei? Wie auch immer, er hat vom einen auf den anderen Tag aufgehört.«

»Aufgehört, einfach so?«

»Nicht so, wie du denkst, Tom.«

»Sondern?«

Merz zögerte. »Sagen wir mal so, er hat Karriere gemacht. Hieß es jedenfalls. So leid es mir tut, Genaueres kann ich dir nicht sagen. Gerüchte gab's genug, kannst du dir ja wohl denken. Karriere beim BND, BKA und LfV, nichts Genaues wusste man nicht. So denn überhaupt was dran gewesen ist. Beförderung oder nicht, auf jeden Fall hat er mir nichts, dir nichts die Fliege gemacht, vom einen auf den anderen Tag, ohne Kommentar. Merkwürdig, findest du nicht auch?«

Nein, fand er nicht. Auf einmal, im Verlauf eines Gesprächs zwischen Tür und Angel, fügte sich alles zusammen, begann sich der Nebel langsam, aber sicher zu lichten.

Nicht vollständig, aber immerhin sah er jetzt ein wenig klarer.

»Hallo, Herr Kriminalhauptkommissar, wo sind wir denn mit unseren Gedanken?«

»Tut mir leid, Günther, das liegt am Alter. Dann mach's mal gut, bis demnächst.«

Nicht gerade die feine englische Art, so mit einem alten Bekannten umzugehen. Ihn einfach stehen zu lassen, wie bestellt und nicht abgeholt. Du solltest dich was schämen, Sydow, weißt du das?

In Gedanken bei den vier Kommunarden, wandelte Sydow mit geistesabwesender Miene durch den Korridor, schloss die Tür seines Büros auf und setzte sich. Sosehr er sich das Gehirn zermarterte, so angestrengt er auch nachdachte und sich das Gespräch mit dem illustren Quartett und mit einem gewissen Rudolf Obermann, der ihm unter dem Familiennamen Siebert bekannt war, zu vergegenwärtigen versuchte: Am Fazit, dass er zog, änderte dies nichts.

Er war einer Riesensauerei auf der Spur. Einem Komplott, das in den Annalen der Kripo Berlin seinesgleichen suchte.

Wie lange Sydow dagesessen und Löcher in die Wand gestarrt hatte, wusste er nicht. Zu viel war ihm durch den Kopf gegangen, als dass er die Schockstarre, die ihn befiel, hätte abschütteln können, zu groß der Unmut, als dass er klare Gedanken fassen konnte. Hätte das Telefon nicht geklingelt, was er zunächst nicht registrierte, hätte er weiter wie ein Ölgötze auf seinem Stuhl gesessen.

Aschfahl, vor den Kopf geschlagen und mit einer Riesenwut auf Hock-Schwartenberg im Bauch. Kurzum: fertig mit der Welt.

»Sydow, was gibt's?« Knapp drei Minuten später, am Ende des Telefonats mit der anonymen Anruferin, war Tom Sydow fast schon wieder der Alte, voller Tatendrang und begierig, die Machenschaften seiner Widersacher aufzudecken. »In Ordnung, bis später dann, um halb vier!«

Selbst wenn er, was zu befürchten war, seinen Job verlieren würde.

VERWANZT (1)

Kennwort »Operation Flower-Power«,
12.10.1968, 10.30 h

F. H.: *Was soll das, wollen Sie mir drohen?*

Beamter der Kripo Berlin: *Sie haben es erfasst, Habermaier. Das will ich. Wenn Sie denken, Sie seien aus dem Schneider, haben Sie sich geschnitten. In Ihren Augen bin ich zwar nur ein unterbelichteter Bulle, aber täuschen Sie sich nicht. Ich kann auch anders, treiben Sie es also nicht auf die Spitze. So leicht, wie Sie denken, kommen Sie nicht davon, und wenn Sie lügen, bis sich die Balken biegen!*

Die Tür fällt ins Schloss.

F. H.: *Leck mich am Arsch, Bulle!*

L.-H. L.: *Reg dich ab, Alter. Der kocht doch auch nur mit Wasser. Wenn wir dichthalten, kann uns nichts passieren.*

D. K.: *Genau.*

F. H.: *Halt dich raus, du dämliche Kuh. Auf deinen Kommentar kann ich verzichten.*

L.-H. L.: *Jetzt ist es aber genug, Fritz! Lass sie in Ruhe, sonst kannst du was erleben.*

F. H.: *Lars-Hendrik, der edle Ritter mit dem blond gelockten Haar. Mach mal halblang, du hast genug Mist gebaut.*

D. K.: halblaues Murmeln *Mist ist gut!*

L.-H. L.: *Du hast sie wohl nicht mehr alle, wie?*

F. H.: *Wer hat denn der Kleinen Dope angedreht, sie gevögelt, dass die Fetzen fliegen – du oder ich?*

D. K.: *Hört endlich auf, ihr zwei! Das ist ja nicht zum Aushalten!*

F. H.: *Falls es euch zwei Karnickeln entgangen ist, nicht nur mir, sondern uns allen steht die Scheiße bis zum Hals. Mitgegangen, mitgehangen, oder wie siehst du das, Rudi?*

V-Mann (unter dem Decknamen Rudolf (»Rudi«) Obermann seit Anfang August als V-Mann in der Kommune tätig): *Ich weiß nicht, Fritz, aber …*

F. H.: *Was weißt du nicht, du Dünnbrettbohrer?*

L.-H. L.: *Halt die Luft an, Fritz. Was kann Rudi denn dafür, wenn du Trouble mit deiner Alten hast!*

F. H.: *Du musst nicht immer das große Wort führen, das hab ich dir schon ein paar Mal gesagt. Also halt dich da raus, klar? Ich hab's mit Rudi, und nicht mit dir. Ich glaube, er kann ganz gut auf sich selbst aufpassen, was, Rudi?*

V-Mann: *Logo.*

F. H.: *Sag ich doch. Also, Rudi: Was, meinst du, sollten wir deiner Meinung nach tun?*

V-Mann: *Den Bullen nicht als doof abstempeln. Glaubt mir, mit dem Typen ist nicht zu spaßen.*

L.-H. L.: *Hört sich an, als ob du ihn kennst.*

V-Mann: *Hast du sie noch alle, oder was? Mit Typen wie dem hab ich doch nichts am Hut.*

F. H.: scherzhaft *Wer weiß, Rudi-Baby – wer weiß. Stille Wasser sind bekanntlich tief. Was willst du eigentlich, für sein Alter sah der Polyp doch ganz passabel aus.*

(Gelächter)

V-Mann: *Wisst ihr, was ihr mich alle könnt?*

F. H.: *Hättest du wohl gern, was? Jetzt guck nicht so,*

war doch bloß ein Scherz. Was wären wir ohne unseren Schneemann, ohne Rudi, der uns mit astreinem Stoff versorgt!

12

Berlin-Moabit, Öffentliche Bedürfnisanstalt in der Huttenstraße | 15.00 h

»Ich weiß nicht, aber …«

»Was wissen Sie nicht, Siebert?«

»Ich weiß nicht, wie Sie das sehen, aber ich finde, wir sollten die Aktion abblasen.«

»Abblasen? Haben Sie den Verstand verloren?«

»Ich glaube nicht, sonst wäre ich Revierpolizist in Schöneberg geblieben.«

»Sie überraschen mich, Siebert. So viel Humor hätte ich Ihnen nicht zugetraut.«

»Damit wir uns richtig verstehen, mir ist nicht nach Lachen zumute.«

»Mir auch nicht.«

»Na, dann können wir ja zusammen gehen.« Klaus Siebert, 27 Jahre alt, geschieden, Vater von zwei Kindern und verdeckter Ermittler beim LfV, tat so, als verrichte er seine Notdurft und blitzte seinen Kontaktmann aus dem Augenwinkel an. »Glauben Sie, ich habe Lust, mit aufgeschlitzter Kehle zu enden?«

»Jetzt machen Sie sich nicht gleich in die Hosen, Siebert.«

»Angesichts des Ortes, an dem wir uns befinden, dürfte dies wohl kaum möglich sein, oder?«

»Kleiner Scherzbold, wie?«

Klaus Siebert, für heikle Operationen geradezu prädestiniert, schlug einen sarkastischen Tonfall an. »Na, wer sagt's denn, schon wieder eine Gemeinsamkeit.« Hinter der Fassade des leicht gehemmt, kriecherisch und beinahe feminin anmutenden Biedermannes steckte ein zielbewusster, skrupelloser und mit allen Tricks seines Metiers vertrauter Beamter, je nach Situation imstande, in jede beliebige Rolle zu schlüpfen. Ohne Respekt gegenüber Vorgesetzten, bei denen er häufig aneckte, besaß er enorme fachliche Qualitäten. Ob Undercover-Arbeit, verdeckte Ermittlungen oder Recherchen in Sachen Extremismus, kaum einer beim LfV, der ihm das Wasser reichen konnte. Ungleich höher einzuschätzen war freilich sein Instinkt, für ihn, den geborenen V-Mann, von unschätzbarem Wert. Was auch geschah, der mittelgroße, leicht blässliche und schmallippige Zyniker mit dem Allerweltsgesicht war stets Herr der Lage, außer vielleicht, eine Frau war im Spiel. Dann, aber nur dann, konnte es passieren, dass seine Professionalität Schaden nahm.

In der Vergangenheit war dies bereits mehrfach der Fall gewesen, zum Verdruss seiner Vorgesetzten, die ihn noch weniger schätzten als er sie. Der Kontaktmann, mit dem er sich gerade beriet, bildete diesbezüglich keine Ausnahme. »Passen Sie auf, am Ende werden wir noch Freunde.«

»Schöne Aussichten«, konterte der mehr als doppelt so alte Verfassungsschützer, seit Anbeginn beim LfV und Prototyp des freundlichen Herrn von nebenan, dem man alles abkaufte, was er unters Volk streute. »Halten Sie das für eine gute Idee?«

»Um beim Thema zu bleiben: Halten Sie es für richtig, die Operation fortzuführen?«

»Richtig oder nicht, Sie bleiben auf Ihrem Posten.«

»Das sagt sich so leicht, Kalinowski, Sie sitzen schließlich im Trockenen.«

»Auch wenn es Ihnen noch so sehr gegen den Strich geht, es bleibt dabei. Die Operation läuft wie geplant weiter. Denken Sie, ich habe Lust, eins auf den Deckel zu kriegen? Die Order kam von oben, Siebert, die ist nicht auf meinem Mist gewachsen.«

»Und von wem?«

»Von janz weit oben, um es im Jargon Ihrer Stammesbrüder zu formulieren.«

»Ein einprägsames Bild, da spürt man den Poeten.« Siebert pfiff theatralisch durch die Zähne, lange genug im Dienst, dass ihn nichts mehr überraschen konnte. »Famos, wirklich famos. Und ich Trottel darf die Suppe auslöffeln.«

»Damit eins klar ist, Siebert. Es steht Ihnen nicht zu, die Entscheidung des Innensenators zu kritisieren.« Durch ein Geräusch aufgeschreckt, fuhr Kalinowskis Kopf abrupt herum. Außer einem streunenden Hund, der den Kopf zur Tür hereinstreckte und danach rasch das Weite suchte, war jedoch niemand zu sehen. »So, jetzt wissen Sie Bescheid. Ende der Diskussion.«

»Und was, wenn meine Tarnung auffliegt?«

»Darüber, mein lieber Siebert, machen Sie sich mal keine Gedanken.« Während er sprach, setzte Kalinowski sein Viktor-de-Kowa-Lächeln auf. »Wenn Gefahr im Verzug ist, hauen wir Sie raus.«

»Und wenn nicht, kann ich sehen, wo ich bleibe.«

»Jetzt hören Sie mir mal gut zu, junger Freund«, forderte das Idealbild eines Senioren seinen Nebenmann auf, verschloss seinen Hosenschlitz und trat so nah wie möglich an ihn heran. »Wenn Sie so weitermachen, sehe ich mich gezwungen, beim Präsidenten des LfV Meldung zu machen. Kapieren Sie nicht, worum es geht, oder wollen Sie es nicht kapieren?«

»Doch.«

»Sieht aber ganz und gar nicht danach aus, wenn Sie mich fragen. Mensch, Siebert, wie oft soll ich es Ihnen noch sagen? Dass die Kleine dran glauben musste, damit hat kein Mensch gerechnet. Dessen ungeachtet dürfen wir uns jedoch nicht aus dem Konzept bringen lassen, so bedauerlich die Umstände ihres Todes auch gewesen sein mögen. Das Ziel, will heißen die Überwachung potenzieller Unterstützer von Baader, Ensslin, Proll und Genossen, das Ziel unserer Operation hat absolute Priorität. In zwei Tagen wird dem Gesockse der Prozess gemacht, das dürfte Ihnen nicht entgangen sein. Endlich, sollte man hinzufügen. Bleibt zu hoffen, dass die Herren Richter in Frankfurt mehr Mumm in den Knochen als ihre hiesigen Kollegen haben. Sonst sind wir verraten und verkauft. So begreifen Sie doch, Siebert: Je mehr wir gegen diese Kommunistenschweine und ihre Hintermänner in der Hand haben, desto leichter die Aufgabe, das Gesindel hinter Schloss und Riegel zu bringen. Und wenn wir gerade dabei sind, glauben Sie ernsthaft, der ganze Humbug sei auf deren Mist gewachsen? Nein?

Wie schön, wenigstens da wären wir einer Meinung. Zum hundertsten Mal, Siebert, damit Sie es endlich in Ihren Schädel reinkriegen! Der Verdacht, Baader und Konsorten würden von der Stasi ferngesteuert, liegt so nah, dass wir nicht darüber zu diskutieren brauchen. Da es sich aber, vorausschauend ausgedrückt, um einen Verdacht handelt, fällt uns, die wir mit dem Schutz unseres Rechtsstaates betraut worden sind, die Aufgabe zu, den Verbindungen zwischen Handlangern wie diesem Baader und den Hintermännern in der Normannenstraße auf den Grund zu gehen. Dass bislang nur die Spitze des Eisbergs zum Vorschein gekommen ist, brauche ich Ihnen nicht zu sagen. So Gott will, werden die Herren Richter Baader samt Gespielin einbuchten, darüber, denke ich, müssen wir uns keine Sorgen machen. Aber was, frage ich Sie, ist mit den Leuten, die ihnen Unterschlupf gewährt, falsche Pässe verschafft und sie mit allem, was sie für ihre landesverräterischen Aktionen benötigen, versorgt haben? Was ist mit den Logistikern, den Sympathisanten, den heimlichen Unterstützern? Sollen die etwa frei rumlaufen? Kommen Sie schon, Siebert. Glauben Sie ernsthaft, es sei damit getan, wenn ein paar Wirrköpfe vor den Kadi gezerrt, verurteilt und auf Staatskosten hinter Schloss und Riegel gesteckt werden? So naiv sind Sie doch ganz bestimmt nicht, oder? In dem Fall, mein Lieber, stinkt der Fisch nicht vom Kopf. Schreiben Sie sich das hinter die Ohren.«

»Und was ist mit dem Mord an …«

»Herrgott noch mal, Siebert, ist das denn so schwer zu kapieren? Wir, im Endeffekt also ich, werden Sorge tragen, dass die Ermittlungen im Sand verlaufen.«

»Wenn man Sie reden hört, denkt man, das sei ein Kinderspiel.«

»War es auch.«

Siebert stieß ein kehliges Lachen aus. »Das erzählen Sie mal Ihrer Großmutter – falls sie noch lebt.«

»Immer einen Scherz auf den Lippen, so hab ich's gern.« Kalinowski ließ sich nicht aus der Reserve locken. »Zu Ihrer Information, Siebert: Nach Erhalt Ihrer Nachricht habe ich meine Beziehungen spielen lassen. Kurz gesagt, innerhalb von einer halben Stunde war die Sache gegessen. Dieser … Wie hieß dieser Dilettant von der Kripo doch gleich?«

»Sydow. Tom Sydow«, brummte Siebert, trat vor den Spiegel und glättete sein Jackett, kein Vergleich zu demjenigen seines Vorgesetzten, der einen ausgeprägten Hang zur Exklusivität besaß. »Ein Rat unter Kollegen, nehmen Sie sich vor ihm in Acht. Der hat mehr auf dem Kasten als die ganze Kripo zusammen.«

»Und selbst wenn, wen kümmert das?«

»Mich.«

»Aber mich nicht«, erwiderte Kalinowski mit selbstzufriedener Miene. »Und wissen Sie auch, warum?«

»Ich nehme an, Sie werden es mir gleich sagen.«

»Weil er keinen Schaden mehr anrichten kann. Tja, so ist das nun mal, wenn man die Nase in anderer Leute Angelegenheit steckt. Da landet man schneller auf dem Abstellgleis, als man denkt.«

»Und was soll das heißen?«

»Na, was denn wohl, der Fall wurde ihm entzogen.« Kalinowski zurrte seine Markenkrawatte zurecht, bedachte Siebert mit einem herablassenden Lächeln und sagte: »Auf mein Betreiben, wie ich der Korrektheit halber betonen muss.«

»Mord bleibt Mord, da können Sie sagen, was Sie wollen.«

Das Viktor-de-Kowa-Lächeln erstarb so schnell, wie es aufgeblitzt war. »Täusche ich mich, oder hat hier jemand Gewissensbisse? Hören Sie mal zu, Sie Weichling. Falls Sie denken, Sie könnten einen auf Wort zum Sonntag machen, befinden Sie sich im Irrtum. Damit beißen Sie bei mir auf Granit. Eins ist ja wohl klar, ob Sie es wahrhaben wollen oder nicht: Kollege Siebert alias Rudi Obermann hat genauso viel Dreck am Stecken wie die drei Asozialen, in deren erlauchter Gesellschaft er sich bewegt – wenn nicht noch mehr.«

»Und was, mit Verlaub, ist mit Ihnen?«

»Gegenfrage: Von wem, *mit Verlaub*, stammt der Stoff, den Habermaier und Konsorten verkonsumieren? Und die LSD-Pillen, die der Kleinen zum Verhängnis geworden sind?«

»Von Ihnen – es sei denn, ich leide an Halluzinationen.«

»Wissen Sie, was Sie sind, Siebert?«

Der V-Mann zeigte keine Reaktion. »Ich nehme an, Sie haben Ihre Beziehungen spielen lassen – bei den Kollegen vom Rauschgiftdezernat, beim BKA oder wo auch immer. Schließlich sind wir alle eine große Familie, ist es nicht so? Eine Hand wäscht die andere, gehört ja wohl zum guten Ton.«

Kalinowski stieg die Zornesröte ins Gesicht. »Noch ein falsches Wort, Siebert, und Sie können Ihre Karriere beim LfV vergessen. Sie wissen ja, ich kann über ziemlich viel hinwegsehen, aber wenn Sie so weitermachen wie bisher, lernen Sie mich kennen. Schon mal von der Abteilung FHO gehört? Wenn ja, können Sie ermessen, durch welche Schule ich gegangen bin. Glauben Sie, ich lasse mir vorschreiben, was ich zu tun oder zu lassen habe? Wer selbst noch nicht trocken hinter den Ohren ist, dem steht es nicht zu, unerbetene Ratschläge zu erteilen. Und noch etwas: Sollten Sie auch nur ein Wort über die Operation Flower-Power verlauten lassen, mache ich Sie fertig, haben wir uns verstanden? Im Gegensatz zu Ihnen, Sie Null, sitze ich am längeren Hebel. Das dürfte Ihnen nicht verborgen geblieben sein. Merken Sie sich eins, Siebert. Wer nicht für uns ist, ist gegen uns. Und das bedeutet: Solange ich etwas zu sagen habe, wird Ihnen nichts übrig bleiben, als sich meinen Anordnungen zu fügen. Apropos, wie viele Wanzen haben Sie installiert?«

»Ein halbes Dutzend. Wieso, stimmt etwas nicht?«

»Im Gegenteil. Alles läuft bestens.« Kalinowski lächelte stillvergnügt vor sich hin. »Die werden Augen machen, wenn wir ihnen die Rechnung präsentieren!«

»Wenn nichts dazwischenkommt, das müssen Sie dazusagen.«

»Die Operation wird fortgeführt, ist das klar? Oder ich sorge dafür, dass Sie Ihres Lebens nicht mehr froh werden. Glauben Sie mir, Siebert, aus der Reihe tanzen lohnt nicht. Ein Wort an Außenstehende, und Sie sind erledigt. Wer, denken Sie, würde Ihnen Glauben schenken, wenn Sie die Torheit begingen, mit dem Zeigefinger auf mich zu deuten? Antwort: Kein Mensch. Sie stecken da mit drin, Siebert, Sie können es drehen und wenden, wie Sie wollen. Sie haben das Rauschgift organisiert, Sie haben zugesehen, wie Langenkamp und Habermaier über die Kleine hergefallen sind, Sie haben keinen Finger gerührt, als sie von dieser Hippie-Hure mit dem Kissen erstickt worden ist. Also kommen Sie mir nicht mit irgendwelchen moralischen Bedenken und verkneifen Sie sich Ihre Klugscheißereien. Ob es Ihnen in den Kram passt oder nicht, die Operation läuft so lange weiter, wie ich es für richtig halte.« Auge in Auge mit seinem Untergebenen, dämpfte Kalinowski den Ton und knurrte: »Und wagen Sie es nicht, aus der Reihe zu tanzen. Sonst sind Sie ein toter Mann!«

VERWANZT (2)

Kennwort »Operation Flower-Power«, 12.10.1968, 10.45 h

V-Mann: *Wenn ihr mich nicht hättet, würdet ihr euch umgucken.*

F. H.: *Ein Schwuli weniger, wo, bitte schön, läge das Problem?*

D. K.: *Macht das eigentlich Spaß, immer die gleichen dämlichen Witze zu reißen? Du glaubst gar nicht, wie mich das ankotzt, fällt dir wirklich nichts Besseres ein?*

F. H.: *Na, du kommst mir gerade recht. Erst bringst du die Unschuld vom Lande um die Ecke, dann tönst du groß rum und schreibst mir vor, wie ich mich zu verhalten habe. Wer hat denn das Kissen genommen und so lange zugedrückt, bis Klein-Barbie die Luft weggeblieben ist? Du oder ich? Na bitte, keine Antwort ist auch eine Antwort. Und das alles nur, weil du eifersüchtig auf die Kleine warst. Weil es dir gegen den Strich ging, dass Lars auf sie abgefahren ist und dass du von jetzt auf nachher abgemeldet warst.*

D. K.: *»Voll auf sie abgefahren«, so kann man es natürlich auch sagen!*

F. H.: *Sag mal, kapierst du nicht, was hier abgeht – oder willst du es nicht kapieren? Wir sind hier nicht zu Hause bei Familie Biedermann, wo Treue noch etwas gilt!* höhnisches Gelächter *Wenn du denkst, du kriegst deinen Lars unter den Stiefel, indem du eine Nummer nach der anderen mit ihm schiebst, dann hast du dich geirrt. Schreib dir das hinter die Ohren, Süße: Wer hier mit wem pennt, geht dich nichts an. Die Zeiten, wo man sich gegenseitig in Beschlag genommen hat, sind vorbei. Nur wenn wir emotionale Bindungen und die daraus resultierenden Strukturen zerschlagen, haben wir eine Chance, das Spießbürgertum zu überwinden. Individualismus und Privatsphäre sind passé, selbst du müsstest das mittlerweile gecheckt haben.*

L.-H. L.: *Amen, der Große Vorsitzende hat gesprochen. Sag mal, musst du eigentlich immer den Intelligenzbolzen raushängen lassen? Heb dir dein Gequatsche für die nächste Demo auf, hier herrschen andere Gesetze. Wie wär's, wenn du eine Ein-Mann-Kommune aufmachst, dann kannst du immer den großen Macker mimen!*

F. H.: *Dass du ein Arschloch bist, hab ich immer schon gewusst, aber das hier stellt alles in den Schatten. Sorry, Alter, aber einer muss es dir ja schließlich sagen. Seit du zwischen den Schenkeln von deinem Lustautomaten steckst, kann man dich vergessen. Ist doch so, was glotzt ihr denn so dämlich! Früher konnte man noch was mit dir anfangen, aber jetzt bist du nur noch am Rumbum…*

L.-H. L.: *Noch ein Wort, du hinterfotziger kleiner Giftzwerg, und ich polier dir die Fresse, dass deine Zähne im Arsch Klavier spielen!*

F. H.: *Uuuuuh, ich hab Angst! Bitte nicht hauen, ich nehm alles …*

Kampfgeräusche

V-Mann: *Seid ihr bekloppt, oder was? Auseinander, ihr beiden, was soll der Quatsch!*

D. K.: *Ihr benehmt euch wie die kleinen Kinder, das kann ja heiter werden.*

L.-H. L.: *Halt dich da raus, Dorle, das ist mein Bier.*

D. K.: *Glaubst du, ich hab Bock drauf, in den Knast zu wandern? Also hört auf mit dem Scheiß, es gibt Wichtigeres zu tun. Wenn wir uns gegenseitig an die Gurgel gehen, haben die Bullen leichtes Spiel. So viel Grips im Hirn, um das zu kapieren, solltet ihr eigentlich haben. Die Kleine ist weg vom Fenster, das ist Fakt. Fakt ist aber auch, dass jeder hier seinen Teil dazu beigetragen hat. Folglich kann sich keiner rausreden, weil jeder von uns Dreck am Stecken hat.*

F. H.: *Jeder außer Rudi.*

L.-H. L.: *Falsch.*

F. H.: *Wieso?*

D. K.: *Er hat den Stoff besorgt, hast du das vergessen?*

L.-H. L.: *Um mit unseren Ahnen zu reden: »Mitgegangen, mitgehangen«.*

F. H.: *Cool bleiben, Leute – ich sag's ja, uns kann nichts passieren!*

13

Berlin-Moabit, Fritz-Schloß-Park | 15.30 h

Alles schon mal dagewesen. An dieser Binsenweisheit kam Sydow auch heute nicht vorbei. Anno 1936, als die Nazis die Welt an der Nase herumführten, hatte er seinen ersten Mordfall gelöst, und der Fundort des Leichnams war nahezu der gleiche gewesen.

Soweit Parallele Nummer eins.

Zweitens: Die Tat war nicht dort begangen worden, wo der Leichnam entdeckt wurde. Zwecks Vertuschung waren sowohl Jankowski als auch Marie-Luise Lieberknecht bei Nacht und Nebel durch halb Berlin gekurvt worden, der stadtbekannte Zuhälter mit durchschnittener Kehle und das 19-jährige Vergewaltigungsopfer mit einer Überdosis Rauschgift im Blut. Dritter Punkt: In beiden Fällen hatten Spitzel eine nicht zu unterschätzende Rolle gespielt. So hatte der Auftraggeber im Fall Jankowski, ein Bordellkönig aus dem Wedding mit exzellenten Beziehungen zur Partei, erst dann dingfest gemacht werden können, als ein Informant in einen seiner Amüsierbetriebe eingeschleust und mit allem Drum und Dran in die Reihen seiner Getreuen aufgenommen geworden war. Auf Weisung von ganz oben, das heißt durch den Gauleiter höchstpersönlich, war zwar versucht worden, den Fall zu vertuschen. Aus dem Schneider war ›der blonde Hans‹ alias Heinz Jakubeit damit jedoch nicht gewesen. Entgegen den damaligen Gepflogenheiten hatte sich der Polizeipräsident auf die Hinterfüße gestellt und bei seinem Ziehvater und Mentor Himmler Beschwerde eingelegt. Letzterem war der geharnischte Protest wie gerufen gekommen, gehörte Joseph Goebbels, Gauleiter von Berlin unsäglichen Angedenkens, doch zu denjenigen, die der Reichsführer-SS und Chef der Deutschen Polizei auf dem Kieker hatte. Kurzum, der getreue Heinrich hatte nicht gezögert, Goebbels beim größten Verbrecher aller Zeiten anzuschwärzen.

Punktsieg für Himmler? Weit gefehlt. Dem Vernehmen nach hatte Hitler dem Herrn Gauleiter zwar die Meinung gegeigt, aber nicht, wie von Himmler erhofft, wegen seiner Einmischung in die Angelegenheiten der Polizei. Grund für den Anschiss waren vielmehr die vielfältigen Verbindungen der Berliner NSDAP zum kriminellen Milieu gewesen, was Hitler, nicht weiter verwunderlich, absolut nicht in den Kram gepasst hatte. Ein Mord unter rivalisierenden Zuhältern, so etwas konnte vorkommen. Aber ein Bordellkönig, dessen Beziehungen bis in höchste Parteikreise reichten, dieser Umstand durfte unter keinen Umständen publik gemacht werden. Und schon gar nicht im Vorfeld der Olympischen Spiele, wo die Augen der ganzen Welt auf Berlin gerichtet waren.

Und so, nach einigem Hickhack hinter den Kulissen, war es gekommen, wie es unter den gegebenen Umständen hatte kommen müssen. Der Täter, ein Krimineller mit rekordverdächtigem Sündenregister, war im Hauruckverfahren vor den Kadi gezerrt, verurteilt und auf Nimmerwiedersehen in Tegel eingebuchtet worden. Ganz anders der Auftraggeber, der sich weiterhin guter Gesundheit und intakter Beziehungen zur Partei erfreut hatte, kein Einzelfall, was die Machenschaften im Dritten Reich betraf. Dass der als Spitzel eingeschleuste Beamte wenig später ebenfalls tot aufgefunden worden war, hatte niemanden mehr überrascht, auch Sydow nicht, der sich diesbezüglich keinerlei Illusionen hingab. Mord war eben noch lange nicht gleich Mord, schon gar nicht, wenn er den Mächtigen dieser Welt nicht in den Kram passte. Diese Lektion hatte er bereits in jungen Jahren gelernt.

Und hatte sie, den veränderten Umständen zum Trotz, nicht vergessen. Nur noch ein paar Meter vom verabredeten Treffpunkt im Fritz-Schloß-Park entfernt, ließ Sydow den Tagesablauf Revue passieren. Per Zufall, das heißt durch eine unerwartete Begegnung im Treppenhaus des Präsidiums, war er einem handfesten Skandal auf die Spur gekommen. Einem Skandal, der, so er an die Öffentlichkeit gelangte, nicht nur Hock-Schwartenberg den Job kosten würde. Einmal angenommen, es handelte sich bei Siebert tatsächlich um einen V-Mann, wogegen wenig bis überhaupt nichts sprach. Dann folgte daraus, dass der ehemalige Streifenpolizist und mutmaßliche LfV-Mitarbeiter nicht nur Zeuge, sondern, um das Kind beim Namen zu nennen, auch Mittäter beziehungsweise Mitschuldiger gewesen war. Kein Wunder also, dass er und die Seinen ein Interesse daran hatten, den Mord samt Begleitumständen unter den Teppich zu kehren. Käme ans Licht, was nicht ans Licht kommen dürfte, würde Berlin einmal mehr für Schlagzeilen sorgen, im negativen Sinn, wie so häufig in letzter Zeit.

Aus welchem Grund ein V-Mann in die Kommune eingeschleust worden war, lag auf der Hand. Es galt, Querverbindungen herzustellen, Komplizenschaften aufzudecken und ein Netzwerk auszuheben, hinter dem, so die weitverbreitete Meinung, das MfS der DDR steckte. Vermutungen waren indes eine Sache, unwiderlegbare Beweise etwas anderes. Weitaus wahrscheinlicher erschienen dagegen die Indizien, die auf eine Verbindung zwischen den Frankfurter Kaufhausbrandstiftern und der linken Szene in West-Berlin hindeuteten. Unter Eingeweihten, also auch in Sydows Abteilung, war es ein offenes Geheimnis, dass Baader und Konsorten in Studentenkreisen breite Sympathien genossen. Dass dazu auch die Verdächtigen im Fall Lieberknecht gehörten, davon konnte man getrost ausgehen. Wie weit diese Sympathien reichten, war durch das Gespräch mit Qualle einmal mehr deutlich geworden. Nicht genug, dass Baader und Konsorten über zahlreiche Anhänger verfügten, waren sie in der Kommune am Stuttgarter Platz ein- und ausgegangen. Eine Tatsache, an der man nicht vorbeikam. Und die, wie Sydow wusste, den Fall Lieberknecht in einem gänzlich anderen Licht erscheinen ließ.

Die Absicht, welche die Strippenzieher im Hintergrund verfolgten, lag somit auf der Hand. Im Hinblick auf den in zwei Tagen beginnenden Prozess sollte der Versuch unternommen werden, Sympathisanten in der linken Szene ausfindig zu machen und sie einer möglichst lückenlosen Überwachung zu unterziehen. Bei entsprechender Beweislage, das lag ebenfalls auf der Hand, würden die Betreffenden mit Konsequenzen zu rechnen haben. Wie diese aussehen würden, hing vom Verlauf des Prozesses vor dem Frankfurter Landgericht ab, wobei als sicher galt, dass die vier Angeklagten hinter schwedischen Gardinen landen würden. Inwieweit sie eine Bedrohung für den Staat darstellten, blieb abzuwarten, aber das bedeutete nicht, dass man die Angelegenheit auf die leichte Schulter nehmen durfte.

Ob das Netzwerk, von dem das LfV aller Wahrscheinlichkeit nach ausging, überhaupt existierte, konnte Sydow nicht beurteilen. Im Moment ging es einzig und allein darum, einen an Brutalität kaum zu überbietenden Mord aufzuklären – und die Schuldigen der gerechten Strafe zuzuführen. Darauf, und auf nichts anderes, hatte er sich zu konzentrieren.

Auf einen Schlag hundemüde, ließ Sydow sich auf einer Bank inmitten der weitläufigen Parklandschaft nieder. Nur zu gerne hätte er einfach nur dagesessen, das Rauschen der Baumwipfel im Ohr, an deren knorrigem Geäst sich die Strahlen der Herbstsonne brachen. An einem Tag wie heute, wolkenlos und spätsommerlich warm, hätte er stundenlang hier herumlungern, seinen Gedanken nachhängen oder seine Jacke ausziehen und sich irgendwo auf die Liegewiese fläzen können. Am liebsten, das verstand sich von selbst, mit Lea, aber die weilte bekanntlich noch bis Ende des Monats in Kur. Sydow seufzte bekümmert auf. Der allabendliche Anruf konnte ihre Anwesenheit nicht ersetzen, schon gar nicht, wenn sich ein unliebsamer Vorfall an den nächsten reihte.

Weißt du was, Alter? Lass doch einfach alles liegen und stehen, mach einen Kotau vor dem Herrn Kriminalrat und dir selbst einen schönen Lenz. Oder wie wär's damit: Fahr zum Bahnhof Zoo, setz dich in den nächsten Zug und mach einen kleinen Abstecher an die Ostsee. Lea würde sich bestimmt freuen. Und was den Mordfall betrifft, irgendwie und irgendwann kommt die Wahrheit ans Licht. So lehrt die Erfahrung. Warum sich also mit Hock, dem LfV und einem Haufen krimineller Hippies anlegen und dabei Kopf und Kragen riskieren, wenn es auch einfacher geht? Sei doch nicht so doof, alter Sturkopf. Und hör endlich auf, John Wayne zu spielen. Gerechtigkeit gibt's, wenn überhaupt, ohnehin nur im Film! Verdammt aber auch, jetzt war es aber genug. Vor zehn Jahren, als der Preuße in ihm noch übermächtig gewesen war, wäre er nie auf solche Gedanken gekommen. Heute jedoch, mit sage und schreibe 55 Jahren auf dem Buckel, sah er die Dinge in einem anderen Licht. Wozu sich abrackern wie ein Kuli, und weshalb, fragte er sich, mit dem Kopf gegen die Wand rennen, wenn er das Gefühl hatte, am Ende doch nichts ausrichten zu können. Von Anbeginn seiner Tätigkeit bei der Kripo hatte er es andauernd mit der gleichen Kundschaft zu tun gehabt, allmählich hing ihm das wirklich zum Hals heraus. Ob Gestapo, Organisation Odessa, NKWD, CIA oder – der Abwechslung halber – das LfV, immer wieder waren es die üblichen Verdächtigen gewesen, die seinen Weg gekreuzt und versucht hatten, ihm das Leben so schwer wie möglich zu machen. Kein Wunder, dass seine Antipathie gegenüber Nachrichtendiensten im Allgemeinen und Spionageapparaten im Besonderen ein beängstigendes Ausmaß erreicht hatte. Für einen Kripo-Beamten hörte sich das zwar merkwürdig an, aber für ihn waren die Angehörigen dieser Schnüffler-Kartelle alle gleich. Nun ja, nicht ganz. Bei allem Groll, der sich in ihm aufgestaut hatte, dies war noch lange kein Grund, übers Ziel hinauszuschießen. Dass man gewisse Organisationen nicht miteinander vergleichen konnte, war ihm bewusst. Was ihn jedoch immer wieder auf die Palme brachte, waren die Methoden, derer man sich in Ost- und neuerdings auch in West-Berlin bediente. Natürlich besaß dieser Staat das Recht, Feinde der Demokratie ausfindig zu machen und, falls nötig, zur Rechenschaft zu ziehen. Das war nicht der Punkt. Was ihm jedoch partout nicht in den Kopf wollte, war die Selbstverständlichkeit, mit der die Grenzen zwischen Legalität und strafbarer Handlung ignoriert und häufig sogar überschritten wurden. Der Staat hatte die gottverdammte Pflicht, Extremisten in die Schranken zu weisen, keine Frage. Sonst konnten er und seine Repräsentanten einpacken. Aber er hatte kein Recht, seine Bürger auszuspionieren, nur weil es ihm nicht ins Konzept passte, wenn sie einen anderen Lebensstil pflegten. Und er hatte, verdammt noch mal, keinerlei Befugnis, die Aufklärung einer Straftat zu torpedieren. Machenschaften dieser Art waren eines demokratischen Staatswesens unwürdig, das würde er sich nicht ausreden lassen.

»Wir hatten miteinander telefoniert, nehme ich an?«

Tief in Gedanken, schoss Sydow verdutzt in die Höhe. »Da nehmen Sie richtig an, würde ich sagen.«

»Was dagegen, wenn ich mich setze?«

»Natürlich nicht, ich bitte darum.« Um der Unbekannten mit dem ausgefallenen Kurzhaarschnitt Platz zu machen, rückte Sydow nach rechts, deutete auf die frei gewordene Stelle und sagte: »Sie hatten um ein Gespräch unter vier Augen gebeten, hier bin ich.«

Die Frau, Sydows Schätzung zufolge Anfang bis Mitte 20 und mit Jeansjacke nebst knielangem Batikrock bekleidet, leistete der Aufforderung Folge, fuhr durch das an den Schläfen rot gefärbte Haar und blickte angespannt geradeaus. »Auf jeden Fall danke, dass Sie sich Zeit für mich nehmen.«

»Ich habe zu danken, Frau …«

»Miesbach. Nele Miesbach.«

»Sydow, freut mich.«

»Nehmen Sie es nicht persönlich, mich nicht.«

»Kann ich mir vorstellen.« Sydow legte den Ellbogen auf die Lehne, schlug die Beine übereinander und sog die Herbstluft ein, die ihm entgegenströmte. »Einen derartigen Schritt zu wagen, erfordert Mut. Viel Mut sogar.«

»Sie sagen es, Herr Hauptkommissar.«

»Am besten, wir fangen ganz von vorn an, was meinen Sie?«

Nele Miesbach, Studentin der Psychologie im achten Semester, deutete ein Lächeln an. »Lieber nicht, das würde Sie nicht interessieren.«

»Dann reden wir über gestern Abend, wenn Ihnen das lieber ist.«

»Nichts dagegen, deswegen bin ich ja hier.« Wie ein Blick aus dem Augenwinkel bewies, besaß Sydows Gesprächspartnerin nicht nur eine anziehende und für eine Karriere beim Film oder im Fernsehen prädestinierte Samtstimme, sondern auch ein anziehendes Äußeres. Hätte sie sich in Schale geworfen, wäre die Wirkung in der Tat umwerfend gewesen. Aber auch so, im Hippie-Look und mit überdimensionalen Ringen samt Peace-Zeichen am Ohr, machte die hellblonde, schlanke, leicht lispelnde und nach Moschus und orientalischen Wohlgerüchen duftende Mittzwanzigerin mit den azurfarbenen Augen eine gute Figur. »Ist mir nicht leichtgefallen, wissen Sie.«

Sydow pflichtete schweigend bei. Manchmal, so lehrte die Erfahrung, bewirkte ein Kopfnicken mehr als tausend Worte. Eine Berufsweisheit, die sich einmal mehr bestätigte.

»Sie sehen aus, als könne man Ihnen trauen.«

»Danke für die Blumen.« Sydow konnte sich ein Schmunzeln nicht verkneifen. »Ich hoffe, ich kann Ihr Vertrauen rechtfertigen.«

»Wie heißt es doch so schön? Abwarten und Tee trinken.«

»Dann schießen Sie mal los, Frau Miesbach«, erwiderte Sydow, richtete sich auf und ließ den Blick auf dem Profil seiner Nachbarin ruhen. »Je eher Sie sich alles von der Seele geredet haben, desto besser.«

»Schon möglich.« Die Augen stur geradeaus gerichtet, gab sich die 24-Jährige einen Ruck, holte tief Luft und sagte: »Es war die Hölle, glauben Sie mir.«

»Ich nehme an, Sie meinen Ihre Erlebnisse am gestrigen Abend?«

»Genau. Da lebt man auf engstem Raum zusammen, kennt sich seit einer halben Ewigkeit, geht gemeinsam durch dick und dünn – und dann so etwas.« Die Frau an Sydows Seite schnaubte resigniert. »Der reinste Albtraum, das können Sie mir glauben.«

»Ich habe keine Veranlassung, das nicht zu tun.«

»Dass die zu so was fähig sind, nie im Leben hätte ich mir das träumen lassen.«

»Und wer, wenn Sie erlauben, sind ›die‹?«

»Lars, Fritz und Dorle«, erwiderte die Studentin mit tonloser Stimme, die Hände auf den aneinandergepressten Knien. Und höhnte: »Die Ikonen der linken Szene, die Könige vom Stephankiez.«

»In dieser Reihenfolge?«

Nele Miesbach horchte überrascht auf. »Wie meinen Sie das?«

»Ach, nichts«, wiegelte Sydow eilends ab. »Tut mir leid, ich wollte Sie nicht unterbrechen.«

»Schon gut, alles halb so wild.« Die Studentin stieß einen leisen Seufzer aus. »Na, dann mal los – was wollen Sie wissen?«

»Alles, was zur Lösung des Falles Lieberknecht beiträgt.«

»Das habe ich nicht gewusst«, murmelte Nele Miesbach, beäugte ihren Nachbarn und fügte erklärend hinzu: »Dass sie Lieberknecht hieß, meine ich.«

»Passiert das öfter?«

»Was denn?«

»Dass Leute bei Ihnen verkehren, die Sie nicht kennen.«

»Verkehren ist gut!«, rief die Studentin voller Bitterkeit aus, lachte kurz auf und brach den Blickkontakt zu Sydow ab. »Fragen Sie doch die Dorle, die kann ein Lied davon singen.«

»Sie meinen Langenkamps Freundin?«

»Kommt drauf an, wie man den Begriff definiert«, entgegnete Nele Miesbach, griff in die Rocktasche und zog eine Schachtel Gauloises hervor. »Sagen wir mal so, die beiden haben miteinander gepennt.«

»Aha.«

»Um mit Worten in Ihrer Generation zu reden, sie hatten ein Verhältnis.«

»Gab's früher auch schon, sogar in den besseren Kreisen.«

»Stimmt«, bekräftigte der leger gekleidete Blickfang, zündete einen Glimmstängel an und sagte: »Gerade da. Aber was tun, wenn dir jemand in die Quere kommt?«

»Wollen Sie damit andeuten, dass …«

»Hier gibt es nichts anzudeuten, Herr Hauptkommissar«, fiel Nele Miesbach ihrem Nachbarn ins Wort und sog an der Fluppe, als ob es die letzte ihres Lebens wäre. »In dem Moment, als Malu aufgekreuzt ist, war Dorle abgemeldet. Glauben Sie mir, ein brünftiger Hirsch war nichts dagegen. Lars ist auf die Kleine abgefahren, da war alles zu spät. War nur eine Frage der Zeit, bis er die Unschuld vom Lande flachlegen würde. Und eine Frage der Taktik.«

»Auf gut Deutsch: Um ans Ziel zu gelangen, hat er sie unter Drogen gesetzt.«

»Sie sagen es.«

»LSD?«

»Bingo.«

»Und weiter?«

»Was für eine Frage, Herr Hauptkommissar.« Die Angesprochene warf Sydow einen amüsierten Seitenblick zu. »Dann ist Lars zur Sache gekommen.«

»Wollen Sie damit sagen«, begann Sydow, dessen Fantasie sich gegen die aufkeimende Ahnung sträubte, »wollen Sie damit sagen, das Ganze fand …«

»In unserer Kuschelecke statt, ganz recht«, bekannte die Studentin, nicht ohne Sydow einen verschämten Seitenblick zuzuwerfen. »In Anwesenheit der anderen. Ich weiß, Ihre Generation tut sich mit so was schwer, aber …Verdammt, Sie wissen doch, was ich meine.«

»Sagen wir mal so, ich kann es mir denken.« Sydow kratzte sich hinterm Ohr. »Aber lassen wir das, reden wir lieber über Sie.«

»Über mich?«

Sydow nickte. »Ihren Worten ist zu entnehmen, dass Sie Zeugin des Geschehens waren.«

»Drücken wir es mal so aus: zumindest teilweise.«

»Wie darf ich das verstehen?«

»Fritz und ich hatten Zoff.«

»Moment mal, heißt das, Sie und Habermaier sind …« Im Begriff, nachzuhaken, brach Sydow mitten im Satz ab. »Bitte seien Sie so gut und helfen mir auf die Sprünge, Frau Miesbach. Wie lautet die diesbezügliche Sprachregelung?«

»Wir sind befreundet, das sehen Sie völlig richtig.«

»Mehr nicht?«

»Jetzt kommen Sie, Herr Hauptkommissar. Das war doch wohl deutlich genug.«

»Danke, Frau Miesbach. Mehr wollte ich nicht hören.« Sydow lächelte in sich hinein. Dann fragte er: »Sie sagten, zwischen Ihnen und Habermaier habe es Streit gegeben. Wieso?«

»Wegen Rudi.«

»Gemeint ist Herr Obermann?«

»Wie ich sehe, haben Sie Ihre Hausaufgaben gemacht.« Des Rauchens offenbar überdrüssig, ließ Nele Miesbach ihren Glimmstängel fallen und drückte ihn mit der Spitze ihrer Stiefelette aus. »Der geht mir so was von auf die Nerven, das kann ich gar nicht sagen. Ständig scharwenzelt er um einen herum, macht einen auf Hans Dampf in allen Gassen und Mister Unentbehrlich und hat seine Lauscher überall. Echt unangenehm, der Typ, wenn ich den sehe, könnte ich ihm eine reinhauen!«

»Tja, jeder hat so seine Antipathien«, versetzte Sydow lapidar, im Wissen, wer sich hinter dem vermeintlichen Hans Dampf verbarg. »Dagegen ist niemand gefeit.«

»Antipathien?«, ereiferte sich die Studentin und sah Sydow mit hochgezogenen Brauen an. »Na, Sie machen mir vielleicht Spaß. Nicht genug, dass mir der Leisetreter auf den Geist geht, macht er sich auch noch an mich ran. Und was tut Fritz, als ich ihn bitte, er soll mir den Schmierlappen vom Leib halten? Pafft seinen Joint und reißt dämliche Witze, dieser Vollidiot.«

»Und dann?«

»Das lässt du nicht auf dir sitzen, denke ich und putzte dieses Arschloch vor versammelter Mannschaft runter. Geschieht ihm recht, dem alten Pascha, oder was meinen Sie?«

»Wie hat Habermaier darauf reagiert?«

»Er hat mir eine gescheuert.«

Sydow glaubte, er habe sich verhört. »Er hat was?«

»Sie haben richtig gehört, Herr Kommissar«, bekräftigte Nele Miesbach mit wutentbrannter Miene. Und fuhr fort: »Wissen Sie, was das Schlimmste an der Sache war? Keiner, auch Dorle nicht, hat einen Finger gerührt. Zwei Dutzend Leute auf einen Haufen, einer progressiver als der andere. Und was passiert, als der Wichser mir rechts und links eine runterhaut? Nichts, absolut nichts. Alle miteinander gucken sie zu, qualmen ihre Joints und tun so, als bekämen sie nichts mit. Reaktion gleich null, das muss man sich mal vorstellen.«

»Ich nehme an, Sie haben entsprechend reagiert.«

»Logo.« Plötzlich fröstelnd, knöpfte die Studentin ihre Jeansjacke zu, beugte sich nach vorn und legte die von Lederbändern umschlungenen Arme über Kreuz. »Ziemlich kalt, oder was meinen Sie?«

»Wie wär's, wenn wir ein paar Schritte gehen?«

»Nichts dagegen.« Nele Miesbach stand ruckartig auf. »Sagen Sie, wohin, ich schließe mich an.«

Sydow tat es seiner Gesprächspartnerin gleich, erhob sich und folgte dem Weg, der die angrenzende Liegewiese säumte. Niemand, weder das gute Dutzend Sonnenanbeter noch die zahlreichen Kinder oder promenierenden Rentner sowie das Liebespärchen auf der nächsten Bank, schien davon Notiz zu nehmen.

Doch der Schein trog.

»Lassen Sie mich raten. Sie haben zugesehen, dass Sie die Fliege machen.«

Sydows Begleiterin schien die Bemerkung überhört zu haben. »Wissen Sie, was das Schlimmste für mich war? Als Lars mit der Kleinen fertig war, hat er Fritz angeboten, sich mit ihr zu vergnügen. Da fällt einem nichts mehr dazu ein, hab ich recht, Herr Hauptkommissar? Man stelle sich vor: Lars-Hendrik Langenkamp, Student der Rechte, setzt eine Minderjährige unter Drogen, reagiert sich an ihr ab und animiert seinen Kumpel, es ihm gleichzutun. Mal ehrlich, da bleibt einem doch die Spucke weg, oder?«

Sydow verschlug es die Sprache. In seiner mehr als 30 Jahre währenden und mit aufsehenerregenden Fällen gespickten Karriere war ihm so etwas noch nicht untergekommen. Bisher war er der Meinung gewesen, ihn könne nichts mehr erschüttern – und dann so etwas. Die Natur des Menschen, so schien es, war für Überraschungen gut, namentlich für solche, die sein Vorstellungsvermögen überstiegen.

»Animiert ihn vor versammelter Mannschaft, es ihm gleichzutun.« Bebend vor Zorn, hob Nele Miesbach eine Rosskastanie auf, holte aus und schleuderte sie in hohem Bogen ins Gebüsch. »Das Dreckschwein gehört in den Knast, je länger, desto besser.«

»Ganz meiner Meinung«, murmelte Sydow, an einem Punkt angekommen, wo sich jeglicher Kommentar erübrigte. »Und Sie, wie haben Sie darauf reagiert?«

»Ich hab mich vom Acker gemacht, was haben Sie denn gedacht.« Nele Miesbach schnitt eine angewiderte Grimasse. »Bin ziellos durch die Gegend gelatscht, kreuz und quer durch Moabit.«

»Verstehen Sie mich bitte nicht falsch, aber ich muss Sie das fragen.« Restlos bedient, stieß Sydow einen gequälten Seufzer aus. »Wann genau haben Sie die Wohnung Ihrer Bekannten verlassen?«

»Kann ich Ihnen beim besten Willen nicht sagen, Herr Hauptkommissar. Halb neun, neun – keine Ahnung.« Die Miene der Studentin verfinsterte sich. »Nur Geduld, das Schlimmste kommt noch!«

»Nämlich?«

»In der Eile hatte ich meine Handtasche vergessen. Die Schlüssel für meine Bude – Sie verstehen.«

Sydow nickte.

»Deshalb blieb mir nichts anderes übrig, als …«

»Dem Tatort einen erneuten Besuch abzustatten?«

»Ich sehe schon, Sie finden immer die richtigen Worte.«

»Wann genau war das?«

»Nach zwölf, soweit ich mich entsinnen kann.«

»Lange Rede, kurzer Sinn: Bei Ihrem Eintreffen am Ort des Geschehens wurden Sie Zeugin, wie die Herren Langenkamp und Habermaier den Leichnam des Mordopfers in den VW-Bus verfrachtet und – ohne Sie zu bemerken – das Weite gesucht haben. Soweit korrekt?«

»Nicht ganz.«

»Wieso?«

»Es waren Lars und Obermann. Aber sonst haben Sie recht.«

»Wer von den beiden saß am Steuer?«

»Mister Unentbehrlich.«

»Na warte, Freundchen, jetzt bist du reif«, stieß Sydow mit rauer Stimme hervor, die Rechte triumphierend zur Faust geballt. Dann fügte er, wie an seinen imaginären Widersacher gewandt, hinzu: »Wenn du glaubst, du kommst damit durch, hast du dich geschnitten.«

»Wieso reden Sie im Singular, Herr Hauptkommissar? Sie waren doch …«

»Zu zweit«, vollendete Sydow, blieb stehen und warf seiner Kronzeugin einen entschuldigenden Seitenblick zu. »Keine Sorge, ich habe Sie verstanden. Apropos, was war eigentlich mit Ihnen? In der Wohnung konnten Sie sich ja nicht mehr blicken lassen.«

»Eine Kommilitonin wohnt ganz in der Nähe. Dort habe ich übernachtet.« Auch nachträglich noch unter Schock, blieb Nele Miesbach ebenfalls stehen. »Und habe Sie angerufen, als ich wieder auf dem Damm war.«

»Haben Sie vielen Dank, Frau Miesbach. Sie waren mir eine große Hilfe.«

Die Angesprochene deutete ein Lächeln an. »Und was jetzt, Herr Hauptkommissar? Ich hoffe doch, Sie werden sich die drei zur Brust nehmen?«

»Worauf Sie sich verlassen können«, bekräftigte Sydow und warf einen Blick in die Runde, um sich anschließend seiner Gesprächspartnerin zuzuwenden. »Denen werde ich einheizen, dass ihnen Hören und … Wie gesagt, Frau Miesbach: Ich bin Ihnen sehr verbunden.«

»Irgendetwas nicht in Ordnung, Herr Hauptkommissar?«

Sydow verneinte. Die Chancen, dass er weiße Mäuse sah, standen allem Anschein nach nicht schlecht. Angesichts dessen, was er hinter und noch vor sich hatte, auch kein Wunder: »Keine Sorge«, versicherte er mit treuherziger Miene. »Alles bestens. Außer dass ich alt werde.«

»Sie Ärmster!«

»Endlich jemand, der mich versteht.«

Die Studentin atmete kaum hörbar auf. »Bedeutet das, ich kann gehen?«

»Unter einer Bedingung.«

»Und welcher?« Das Lächeln auf dem Gesicht der jungen Frau verblasste. »Damit wir uns richtig verstehen, Herr Hauptkommissar. Ich habe alles gesagt, was ich weiß.«

»Dessen bin ich mir bewusst, Frau Miesbach«, lenkte Sydow nach einem neuerlichen Rundumblick ein, im Zweifel, ob das Knacken im Unterholz pure Einbildung gewesen war. Der Grund, weshalb er so nah wie möglich an seine Begleiterin herantrat. »Dürfte ich Sie dennoch um einen Gefallen bitten? Ich versichere Ihnen, es wird Ihr Schaden nicht sein.«

»So, so, und worum geht es?«

»Was würden Sie dazu sagen, wenn …« Sydow zögerte, rang sich dann aber doch zu einem ungewöhnlichen Vorschlag durch. »Auf den Punkt gebracht, Frau Miesbach. Für den Fall, dass Sie meiner Bitte Folge leisten, werde ich den Inhalt unseres Gespräches für mich behalten. Das bedeutet, Sie wären aus dem Schneider. Definitiv. Was auch passiert, eine Zeugin namens Nele Miesbach würde es nicht geben, weder jetzt noch in Zukunft. Ich muss Ihnen nicht sagen, dass Sie sich dadurch eine Menge Ärger vom Hals halten würden, oder? Vor Gericht, das wissen Sie so gut wie ich, kann bekanntlich allerhand passieren. Ich will Ihnen ja keine Angst machen, Frau Miesbach, aber …«

»Aber was? Warum so zögerlich, Sie können offen mit mir reden.«

»Was ich sagen will, ist: Sollte etwas schieflaufen, kann es sein, dass Sie in null Komma nichts auf der Anklagebank landen. Das geht ruckzuck, bevor Sie wissen, wie Ihnen geschieht. Oder denken Sie, die Verteidiger werden tatenlos zusehen, wenn ihre Mandanten in die Pfanne gehauen werden? Und selbst wenn, Sie wissen ja, was unlängst im Fall Kurras geschehen ist. Angenommen, Sie kommen ungeschoren davon, dann heißt das noch lange nicht, dass Sie aus dem Schneider sind. Schließlich gibt es ja noch den BGH. Und der ist, wie wir alle wissen, immer für eine Überraschung gut.« Um die Wirkung seiner Worte zu erhöhen, hielt Sydow abwartend inne. Dann fragte er: »Also, Frau Miesbach, wie sieht es aus? Werden Sie mir helfen oder nicht? Sie wissen doch, eine Hand wäscht die …«

»Andere, ich weiß«, vollendete die Studentin, wenig begeistert, wie der kritische Augenaufschlag bewies. »Schießen Sie los, Herr Kommissar – was soll ich tun?«

»Den Lockvogel spielen«, raunte Sydow seiner Begleiterin ins Ohr, machte kehrt und wies mit dem Kopf in die Richtung, aus der sie beide gekommen waren. »So, wie Sie aussehen, machen Sie das mit links!«

VERWANZT (3)

Kennwort »Operation Flower-Power«, 12.10.1968, 11.00 h

V-Mann: *Cool bleiben, du hast vielleicht gut reden!*

F. H.: *Irgendwas zu meckern?*

V-Mann: *Allerdings.*

F. H.: *Sag bloß, du hast Schiss.*

V-Mann: *Blödsinn!*

F. H.: *Sondern?*

V-Mann: *Schon mal dran gedacht, was passiert, wenn irgendeiner von uns nicht dichthält?*

F. H.: *So ein Quatsch, wer, zum Henker, sollte uns ans Messer …*

V-Mann: *Na, fängt's jetzt an zu klingeln?*

F. H.: *Jetzt mach mal halblang, Rudi-Baby. Das wird die dämliche Kuh nicht wagen.*

L.-H. L.: *Und was, wenn doch? Dann sitzen wir in der Scheiße!*

F. H.: *Macht euch nicht ins Hemd, Männer. Ich kenne meine Pappenheimer.*

V-Mann: *Sagst du. Schließlich hat sie allen Grund, dir eins reinzuwürgen.*

F. H.: *Spinnst du, oder was? Die Alte hat mich provoziert, mir blieb gar nichts anderes übrig! Und wenn wir gerade dabei sind, wer hat sie denn angebaggert, du oder ich?*

L.-H. L.: Er. *Und* du *hast dich über sie lustig gemacht, als sie sich bei dir ausgeheult hat.*

V-Mann: *Lass gut sein, Lars. Wenn wir uns an die Gurgel gehen, hilft uns das auch nicht weiter.*

F. H.: *Zoff oder nicht, so weit wird sie sich nicht aus dem Fenster lehnen.*

V-Mann: *Und wenn doch?*

F. H.: *Na, was wohl – dann machen wir sie fertig!*

D. K.: *Vorausgesetzt, wir kommen überhaupt dazu.*

Ich finde, wir sollten diesen Bullen nicht unterschätzen.

F. H.: *Ich sag dir was, Schätzchen – und das gilt für euch alle. Wenn keiner von uns kalte Füße bekommt, kriegt dieser Vollidiot von der Kripo keinen Fuß auf den Boden. Fakt ist, außer uns vieren hat keine Sau mitgekriegt, wie wir die Kleine abtransportiert haben. Mensch, denkt doch mal nach. Die paar Luschen, die noch hier rumgehangen haben, waren so was von high, denen fehlt das entscheidende Stück vom Film. Und überhaupt, kennt sie irgendwer mit Namen? Seht ihr, genau das meine ich. Wenn wir die Nerven behalten, sind die Bullen am Arsch. Sollen sie doch anrücken und die Bude auf den Kopf stellen oder sämtliche Kiffer im Umkreis von zehn Kilometern ausquetschen, von mir aus! Wenn wir dichthalten, werden sie uns nichts nachweisen können.*

V-Mann: *Aber nur, wenn wir dichthalten, sonst hauen sie uns in die Pfanne.*

F. H.: *Das Dreckschwein will ich sehen, das es wagt, uns zu verpfeifen! Noch mal, damit es jeder kapiert. Wenn wir die Nerven behalten, brennt da nichts mehr an.*

V-Mann: *Sicher?*

F. H.: *Eins garantiere ich dir, Rudi-Boy. Sollte es in unseren Reihen tatsächlich einen Judas geben, weiß ich, was ich zu tun habe.*

V-Mann: *Und das wäre?*

F. H.: *Wart's ab, Jungchen – wenn es so weit ist, werde ich es dich wissen lassen!*

14

Berlin-Tiergarten, Abteilung K der Zentralen Kriminaldirektion in der Keithstraße | 16.05 h

»Soweit alles klar, Waldi?«

Sven Waldenmaier, stets bei der Sache und mit rascher Auffassungsgabe gesegnet, verschlug es die Sprache. Hatte er doch das, was Sydow während des Telefonats angedeutet hatte, für einen makabren Scherz gehalten. »Ich denke schon.«

»Noch mal, weil's so schön war«, tönte es aus dem Hörer, während das Blut aus dem Gesicht des Kriminalassistenten wich, »als Erstes siehst du zu, dass du Kroko an die Strippe kriegst. Steckt vermutlich noch bei Peters – oder wo auch immer. Je mehr Leute mir zur Verfügung stehen, desto besser. Und dann machst du dich dünne, begibst dich klammheimlich ins Personalbüro und lässt deinen jungenhaften Charme spielen. Keine Angst, die Dame dort ist nicht so zänkisch, wie die anderen behaupten. Du kriegst das schon hin, da bin ich mir sicher.«

»Und wenn sie Schwierigkeiten macht, was dann?«

»Das wird sie nicht, keine Bange. Richte ihr einen schönen Gruß von mir aus, das wirkt. Und dann bittest du sie darum, dir die Personalakte von Siebert auszuhändigen – unter dem Siegel der Verschwiegenheit, versteht sich.«

»Und ... und was, wenn sie ...«

»Wenn sie Zicken macht, musst du deine Fantasie bemühen. Denk dir was aus, Hauptsache, die Akte gelangt in unseren Besitz. Wenn nicht, haben wir schlechte Karten, verdammt schlechte sogar. Und zu niemandem ein Wort, haben wir uns verstanden?«

»Verstanden, Sie können sich auf mich verlassen.«

»Wenn ich das nicht wüsste, hätte ich dich nicht eingeweiht, Waldi. Kopf hoch, Jungspund. Du, Kroko und ich – wir werden das Ding schon schaukeln. Und was deinen Bruder betrifft, darüber reden wir später. Apropos: Wie haben die Eltern auf die Nachricht reagiert?«

Waldenmaier wiegte das blonde Haupt. »Wie Eltern in so einer Situation eben reagieren«, erwiderte er nach kurzem Zögern, in Gedanken bei der Szene vom Vormittag, die ihm ziemlich unter die Haut gegangen war. »Schlimmer kann es für sie ja wohl nicht kommen.«

»Das kannst du aber laut sagen.«

Durch ein Knacken in der Leitung aufgeschreckt, verlor Waldenmaier den Faden.

»Bist du noch dran, Waldi?«

»Klar, bin ich«, beeilte sich der Kriminalassistent zu versichern, beim Gedanken an das, was ihm bevorstand, von düsteren Vorahnungen erfüllt. »War's das, oder wollten Sie noch was sagen?«

»Oberste Regel, Waldi: Zu niemandem ein Wort – und schon gar nicht zu dem Herrn mit den Fettpölsterchen, falls du verstehst, was ich meine.«

»Geht klar, Chef.«

»Mach's gut, mein Junge«, drang es an Waldenmaiers Ohr, ungewohnt fürsorglich, wie der so Betitelte mit Verblüffung registrierte. »Hals und Beinbruch, Sven, wird schon schiefgehen!«

»Ebenfalls, Chef«, erwiderte Waldenmaier mit aufgesetztem Optimismus, legte auf, atmete tief durch, wischte sich den Schweiß von der Stirn, wandte sich um, warf einen Blick zur Tür – und blickte in die Fratze von Hock-Schwartenberg, der ihn mit hochroter Miene anstarrte.

»Was machen Sie da, Waldenmaier?«

»Meine Arbeit.«

»Werden Sie nicht frech!«, blaffte der Kriminalrat, schloss die Tür und bewegte sich mit zusammengekniffenen Augen auf Sydows Assistenten zu. »Mit wem haben Sie gerade telefoniert, Waldenmaier, raus mit der Sprache!«

Der Angesprochene senkte den Kopf.

»Falls Sie es noch nicht wissen, junger Mann«, ließ sich Karl-Theodor zu Hock-Schwartenberg, Duzfreund und langjähriger Golfpartner des LfV-Präsidenten, mit drohendem Unterton vernehmen. »Ihr Vorgesetzter, Kriminalhauptkommissar Sydow, wurde vom Dienst suspendiert. Wenn Sie nicht wollen, dass Ihnen das Gleiche passiert, halten Sie sich tunlichst an meine Anweisungen. Die da lauten: Sollten Sie die Torheit begehen, mit ihm Kontakt aufzunehmen oder ihn in irgendeiner Weise zu unterstützen, sehe ich mich gezwungen, entsprechende Maßnahmen zu ergreifen. Keine Fisimatenten, ist das klar? Sonst sind Sie die längste Zeit bei der Kripo gewesen.« Die Türklinke in der Hand, drehte sich

Hock noch einmal um. »Ach, übrigens: Draußen auf dem Gang sitzt der Vater von diesem Hippie-Mädchen.«

»Das Hippie-Mädchen hat einen Namen, Herr Kriminalrat.«

»Wissen Sie was, junger Mann?«, entgegnete Sydows Intimfeind, ein Grinsen im Gesicht, das Waldenmaier an eine Buddha-Statue erinnerte. »Wenn Sie so weitermachen, könnte etwas aus Ihnen werden. Vorausgesetzt, Sie halten es mit der richtigen Seite.«

»Sie heißt Marie-Luise. Marie-Luise Lieberknecht.«

»Wo wären wir, Waldenmaier, wenn wir Sie nicht hätten.« Das Lächeln verschwand, als sei dies per Knopfdruck geschehen. »Also, wie immer diese Göre auch heißen mag, Sie werden sich hüten, Details aus dem laufenden Verfahren preiszugeben. Dazu sind Sie nicht befugt. Solange nicht feststeht, wer für den Mord verantwortlich ist, muss sich der gute Mann gedulden. Sagen Sie ihm das, schönen Gruß von mir.«

»Und wenn er sich auf die Hinterfüße stellt, was dann?«

»Himmeldonnerwetter noch mal, habe ich es denn mit lauter Anfängern zu tun? Wenn er Ihnen blöd kommt, setzen Sie den Herrn Papa an die frische Luft. Wir sind hier nicht bei der Bahnhofsmission, geht das in Ihren Schädel rein?«

Waldenmaier gab keine Antwort.

»Ich habe Sie was gefragt, Waldenmaier! Haben Sie kapiert, wo es langgeht, oder soll ich es Ihnen noch mal vorbeten?«

»Nicht nötig, Herr Kriminalrat«, gab Sydows Assistent mit perfekt einstudierter Unschuldsmiene zurück.

»Wie Sie zu dekretieren geruhten, wird es geschehen. Niemand, und schon gar nicht die Angehörigen, darf erfahren, dass an der Angelegenheit etwas faul ist.«

»Wie meinen Sie das, Waldenmaier?«

»Wie ich es sage, Herr Kriminalrat«, setzte sich Waldenmaier seelenruhig zur Wehr, öffnete die Tür und machte eine schwungvolle Geste. »Nach Ihnen, so will es das Protokoll!«

VIERTES KAPITEL

REVISION

Bundesgerichtshof hob Kurras-Freispruch auf
Neuer Prozess um den Tod von Benno Ohnesorg

In einer Revisionsverhandlung hob gestern der 5. (Berliner) Strafsenat des Bundesgerichtshofes das freisprechende Urteil gegen den zurzeit vom Dienst suspendierten 40-jährigen Kriminalobermeister Karl-Heinz Kurras auf. Kurras war am 21. November 1967 von der 14. Großen Strafkammer vom Vorwurf der fahrlässigen Tötung des 26 Jahre alten Studenten Benno Ohnesorg aus Mangel an Beweisen freigesprochen worden.

(»*Berliner Morgenpost*«, 2. Oktober 1968)

15

Berlin-Mitte, Leichenschauhaus in der Invalidenstraße | 16.20 h

»Für dich, Kroko«, sagte Peters und reichte den Hörer an seinen Kollegen weiter. Und fügte auf dessen fragenden Blick hin an: »Waldi ist dran. Hört sich an, als sei es dringend.«

Peters lag mit seiner Einschätzung richtig. Ein Blick auf Krokowskis Miene, aus der binnen Sekundenbruchteilen eine aschfahle Maske geworden war, und der Gerichtsmediziner war im Bilde. Das Entsetzen stand Sydows Partner ins Gesicht geschrieben, und das, obwohl er sich durch nichts aus der Ruhe bringen ließ.

Und noch etwas fiel Peters auf. Weder in seinem Beisein noch im Kollegenkreis hatte Krokowski jemals Kraftausdrücke benutzt. Ein Verhalten, das ab sofort der Vergangenheit angehörte: »Mannomann, da ist die Kacke aber ordentlich am Dampfen. Na warte, wenn wir den Dreckskerl am Wickel haben, dann ist er fällig! Und so was war mal bei der Polizei, ich fasse es nicht. Wann, sagst du – um sechs? Geht in Ordnung. Bis dann, Waldi, mach's gut.«

»Irgendwas nicht in Ordnung?«

»Nicht nur irgendwas, sondern überhaupt nichts«, versetzte Krokowski, knallte den Hörer auf die Gabel und brachte Peters, der ihm mit ungläubigem Staunen lauschte, auf den neuesten Stand. »Da haben wir uns ja was Schönes eingebrockt, was, Heribert?«

Die Antwort des Pathologen ließ nicht auf sich warten. »Fragt sich, wer hier wem etwas eingebrockt hat«, brummte Peters, setzte seine Brille auf und überflog den Bericht der Spurensicherung, der auf dem mit Abstand unordentlichsten Schreibtisch des Bürotraktes lag. »Sag mal, wisst ihr eigentlich, was ihr da tut?«

»Ich denke schon«, antwortete Krokowski lapidar, beinahe wieder der Alte, wie seine abgeklärte Miene bewies. »Findest du, wir sollten die Aktion abblasen?«

»Auf keinen Fall, sonst könnte ich nicht mehr in den Spiegel sehen.« Heribert Peters, ehemals zwangsverpflichteter Arzt im KZ Buchenwald und aus der DDR geflüchteter Regimegegner, machte eine kategorische Bewegung mit der linken Hand, klappte die Aktendeckel zu und sagte: »So eine Sauerei darf man denen da oben nicht durchgehen lassen. Sonst sind wir bald da, wo wir vor 23 Jahren aufgehört haben. Egal wie, der Fall muss aufgeklärt werden, das sind wir der Getöteten schuldig. Und ihren Hinterbliebenen, die dürfen wir nicht vergessen.« Kein Freund großer Worte, brach Peters unvermittelt ab. »Wie gesagt, die Hautpartikel aus dem VW-Bus stammen von der Toten. Und der Haarbüschel auch. Daran kann meiner Ansicht nach kein Zweifel bestehen. Wem die Speichelreste zuzuordnen sind, weiß ich nicht. Mein Gott, ich darf gar nicht dran denken, was diese Kriminellen mit ihr angestellt haben. Sonst müsste ich zur Schrotflinte greifen und sie der Reihe nach über den Haufen knallen.« Unter Bluthochdruck leidend, rang Peters um Fassung. Ein Unterfangen, das ihm mehr schlecht als recht gelang. »Außerdem kann ich es auf den Tod nicht ausstehen, wenn jemand versucht, uns für dumm zu verkaufen. Was denken die da droben eigentlich – dass sie tun und lassen können, was sie wollen? Nee, Herrschaften, so haben wir nicht gewettet. Wenn ihr denkt, ihr könnt uns über den Tisch ziehen, seid ihr auf dem falschen Dampfer. So haben wir nicht gewettet, Herr Kriminalrat, ich garantiere Ihnen, der Mord an Marie-Luise Lieberknecht wird nicht ungesühnt bleiben. Die Schuldigen werden dafür bezahlen, ob Ihnen das ins Konzept passt oder nicht, ohne Wenn und … Verdammt, hat man denn nirgendwo seine Ruhe!«

Einen Fluch auf den Lippen, den er lieber für sich behielt, schraubte sich Peters in die Höhe, drückte auf den Türöffner und machte sich wutschnaubend auf den Weg ins Foyer. Dort angekommen, traf er auf drei Personen, zwei Frauen, eine davon im grauen Strickkostüm, und ein Mann Mitte 50, dank Hut, grüner Trachtenjacke und Schützenabzeichen auf dem Revers als Bajuware zu erkennen. »Sie wünschen?«

»Sind wir hier richtig im … im …« Die Frau direkt vor ihm, die eine auffallende Ähnlichkeit zu der Unbekannten im Strickkostüm aufwies, hatte ein auffallend blasses Gesicht, rot geweinte Augen und augenscheinlich Schwierigkeiten, die Fassung zu bewahren. »Sind wir hier richtig im Leichenschauhaus?«

»Das sind Sie«, bestätigte Peters, von einer Ahnung gepackt, die sich binnen Kurzem bestätigen sollte. »Peters, Professor für Forensische Medizin. Was kann ich für Sie tun, gnädige Frau?«

16

Berlin-Moabit, Westhafen | 17.50 h

Der Ort, wo der Coup über die Bühne gehen sollte, mutete wie die Szenerie aus einer Raymond-Chandler-Verfilmung an. Um sich die Wartezeit zu verkürzen, spazierte Sydow am Rand des Hafenbeckens entlang und kam sich dabei wie Philip Marlowe vor, Held zahlreicher Romane, die er als junger Mann regelrecht verschlungen hatte. Etwas später, irgendwann Ende der Fünfziger, hatte er dann im Zoo-Palast ›Tote schlafen fest‹ gesehen. Nicht erst seit damals war Humphrey Bogart einer seiner Lieblingsschauspieler gewesen, worüber sich Lea, die ihn als verkappten Macho bezeichnete, königlich amüsierte. Sydow hatte es mit Humor genommen und weiterhin keine Gelegenheit ausgelassen, in die Filme des bekennenden Kettenrauchers zu gehen. ›The Big Sleep‹ hatte er gleich mehrfach gesehen, und vielleicht war genau das der Grund, weshalb er das Gefühl, Bogie himself würde jeden Moment um die Ecke biegen, nicht loswurde.

Leider aber war dies kein Film, wenngleich der Schauplatz dafür wie geschaffen schien. Der Westhafen, das größte Areal seiner Art in Berlin, lag öde und verlassen vor ihm, der ideale Ort, um seinen Plan in die Tat umzusetzen. Der Wind hatte spürbar aufgefrischt, und wie um die Szene für einen Film Noir zu komplettieren, brach gerade die Abenddämmerung herein. Ölpfützen, in denen sich das giftgelbe Licht der Laternen spiegelte, verrostete Bahngleise, flankiert von wucherndem Unkraut und übersät mit Abfällen, die aus entladenen Waggons stammten, dazwischen Kippen, die von den Hafenarbeitern auf das Pflaster geschnippt worden waren. Und über allem die Konturen der Verladekräne, die reglos und starr in den Abendhimmel ragten. Fehlte nur noch Philip Marlowe, der aus einem dunklen Buick Century 61 4-Door stieg, und das Hollywood-Szenario wäre perfekt gewesen.

Ob sich der Plan, den er ausgeheckt hatte, als perfekt erweisen würde, blieb abzuwarten. Vieles, wenn nicht gar alles, hing von der Überzeugungskraft ab, die sein Lockvogel aus dem Hippie-Milieu an den Tag legen würde. Dass Nele Miesbach blendend aussah, würde die Sache erheblich erleichtern, aber damit, so die Befürchtung, war der Kuchen noch nicht gegessen. Die Frage war, ob Siebert auf den Bluff hereinfallen würde, allein davon hing der Erfolg des Unternehmens ab. Ein Unterfangen, das, wie allen Beteiligten klar war, ein Vabanquespiel par excellence darstellte. Ging es in die Binsen, würde Sydow nach einem anderen Job und, wichtiger noch, nach einem guten Anwalt Ausschau halten müssen. Ging alles gut, dann – tja, dann würde man weitersehen. Wie weit Hock-Schwartenberg in die Angelegenheit verstrickt war, wusste er, aber ob und in welchem Ausmaß die übergeordneten Instanzen involviert waren, darüber wollte er lieber nicht nachdenken. Immerhin denkbar und keineswegs auszuschließen erschien ihm die Möglichkeit, dass außer Hock noch andere Kollegen mit von der Partie waren, wie viele, würde sich herausstellen. Gut möglich, um nicht zu sagen wahrscheinlich, dass hinter den Kulissen eine Art Netzwerk existierte, eine Art Staat im Staat, der seine eigenen Ziele verfolgte.

Um zu ermessen, wie die Mitglieder des vermeintlichen Netzwerkes tickten, brauchte man nicht viel Fantasie. Im Licht der jüngsten Ereignisse, bei dem die Ordnungskräfte regelrecht vorgeführt worden waren, hatte sich viel Unmut unter den Kollegen angestaut, darunter nicht wenige, die für ein härteres Durchgreifen eintraten. Für die Mehrheit bei der Kripo, zu der mit Sicherheit auch Hock gehörte, waren Marx, Che Guevara, Mao und Ho-Chi Minh, um nur einige der APO-Heroen zu nennen, ohnehin ein rotes Tuch. Von einem Rudi Dutschke, Horst Mahler oder anderen, gemeinhin als Salon-Kommunisten tituliert, gar nicht zu reden.

Der Feind stand somit links und wurde in den Augen der meisten von Ost-Berlin nicht nur ideologisch, sondern auch finanziell unterstützt. Was also, so die Schlussfolgerung, läge demzufolge näher, als den Gegner mit allen zur Verfügung stehenden Mitteln zu bekämpfen? Und was, um Pannen wie den Fall Lieberknecht unter den Tisch zu kehren? Letztendlich, würde Hock-Schwartenberg vermutlich sagen, ging es ums große Ganze, sprich: Bei der Jagd nach Extremisten musste man Prioritäten setzen, auch und gerade dann, wenn es nicht so lief, wie die Herren beim LfV es sich wünschten. Bedauerlich, wenn dabei Unbeteiligte zu Schaden kamen. Bedauerlich, aber leider nicht zu ändern.

Aber nicht mit ihm. Sydow schüttelte entschieden den Kopf. Hier ging es nicht um irgendwelche Prioritäten, um den Fortbestand der Demokratie oder um die Frage, wer mit Baader und Konsorten unter einer Decke steckte. Was das betraf, war die Sachlage geklärt. Bei der Studentenschaft, vor allem im linken Spektrum, waren die Vorfälle in Frankfurt, wenn nicht auf breite Sympathien, so doch auf stillschweigende Zustimmung gestoßen. An dieser Tatsache kamen selbst neutrale Beobachter nicht vorbei. Nein, hier ging es um eine Straftat, oder, anschaulich ausgedrückt, um ein Verbrechen, wie es ihm in dieser Form noch nicht untergekommen war. Allein schon deshalb würde er alle Hebel in Bewegung setzen, die zu seiner Aufklärung beitrugen, ganz gleich, wie groß die Erfolgsaussichten waren.

»Na, wie sieht's aus, Waldi, irgendjemand im Anrollen?« Das Walkie-Talkie am Ohr, das Waldenmaier in weiser Voraussicht mitgenommen hatte, ließ Sydow den Blick durch das Hafengelände schweifen. Schräg gegenüber, in circa 150 Metern Entfernung, konnte er die Gestalt von Nele Miesbach ausmachen. Wie verabredet, würde sie dort auf Siebert warten und versuchen, den in Liebe entflammten V-Mann in das angrenzende Lagerhaus zu lotsen. Dort wiederum würde Sydows große Stunde schlagen, vorausgesetzt, die Aktion verlief nach Plan. »Genau sechs, er müsste jeden Moment aufkreuzen.«

»Negativ«, erwiderte Waldenmaier, in der Nähe des Eingangstors postiert, um von dort aus die Lage zu peilen. »Sieht so aus, als ließe er sich Zeit. Oder er hat Lunte gerochen, dann war alles für die Katz.«

»Halt die Ohren steif, Waldi, du weißt, was davon abhängt. Nicht verzagen, Sydow fragen.«

»Roger, Boss – over and out.«

Was aber, wenn Waldenmaiers Vermutung zutraf? Was, wenn Siebert tatsächlich Lunte gerochen hatte? Das Sprechfunkgerät in der Hand, warf Sydow einen Blick auf die Uhr. Gleich fünf nach, und weit und breit keine Menschenseele zu sehen. Wenn das so weiterging, stand ihm eine lange Nacht bevor.

Eine Nacht, an die er sich sein Lebtag lang erinnern würde.

»Schönen guten Abend, Tom, hier bin ich.«

Sydow erstarrte.

»Du hast doch nichts dagegen, wenn ich dich duze, oder?«

Dann drehte er sich im Zeitlupentempo um.

»Ist zwar schon etwas länger her, aber …«

»So lange nun auch wieder nicht, Siebert«, fuhr Sydow dazwischen, nur wenige Schritte von seinem Kontrahenten entfernt. »Oder haben Sie unsere morgendliche Begegnung vergessen?«

»Wie könnte ich!«, höhnte der V-Mann, eine Walther PPK in der Hand, die eine unmissverständliche Sprache sprach. »Bevor wir weiterreden: Wären Sie so gut, mir Ihre Waffe und das Sprechfunkgerät auszuhändigen? Es ist nämlich noch angeschaltet, wissen Sie.«

Da stand er nun, der Mann, von dem das Wohl und Wehe des Unternehmens abhing. Mittelgroß, kurzes welliges Haar, spärliche Brauen, glatt rasiertes Gesicht, chamäleonartiger Blick, abgetragener Mantel, Alltagsklamotten, mit einem Wort: die Unauffälligkeit in Person. Wie geschaffen, um für andere die Drecksarbeit zu machen. Und entschlossen, wie die Waffe in seiner Hand bewies, nicht lange zu fackeln.

Sydow tat, wie ihm geheißen, trat auf Siebert zu, legte die geforderten Utensilien auf den Boden – und wich einen Schritt zurück. »Lassen Sie den Unfug, Siebert, damit kommen Sie nicht durch.«

»Und wenn doch? Sie glauben gar nicht, wie viele renitente Zeitgenossen schon in der Havel gelandet sind.« Siebert lächelte maliziös. »Auf Nimmerwiedersehen, mit Wissen und Billigung meiner Vorgesetzten. Aber lassen wir das. Ich bin gekommen, um Ihnen einen Deal vorzuschlagen.«

»Auf einmal? Wie das?«

»Sind Sie daran interessiert, ja oder nein?«

»Irre ich mich oder kann es sein, dass Sie zwischen allen Stühlen sitzen?«

»Wie meinen Sie das?«

»Beziehungsweise in der Scheiße, wenn Ihnen der Ausdruck besser gefällt.« Die Waffe vor der Brust, verzog Sydow keine Miene. »Betrachten wir die Angelegenheit realistisch. Sollte es mir gelingen, Ihnen das Handwerk zu legen, würden Sie Ihres Lebens nicht mehr froh. Unerlaubter Drogenbesitz, Beihilfe zum Mord in einem besonders schweren Fall, Beihilfe bei der Vertuschung einer Straftat, unter 20 Jahren Bau in Tegel wird da nichts zu machen sein.«

»Wer hat denn gerade eine Waffe in der Hand, Sie oder ich?«

»Nehmen wir mal an, die Sache würde publik, was, denken Sie, würde Ihre Behörde tun?« Sydow erwiderte das maliziöse Lächeln. »Bemühen Sie sich nicht, Siebert. Wir beide wissen, dass sie Sie wie eine heiße Kartoffel fallen lassen würde. Allein schon, um die Hinterteile gewisser Herren in der Chefetage zu retten. Die sind mit allen Wassern gewaschen, das kann ich Ihnen versichern. Haben sogar daran gedacht, Ihre Personalakte verschwinden zu lassen. Da sind Profis am Werk, Chapeau! Die haben ihr Handwerk von der Pike auf gelernt, bei Himmler und Co, falls Ihnen der Firmenname etwas sagt. Kein Wunder, dass ein gewisser Andreas Baader den Herrschaften ein Dorn im Auge ist. Sie sehen, meine Kollegen und ich sind nicht untätig geblieben. Woher ich das weiß? Ganz einfach. Weil einer meiner Mitarbeiter Verbindungen zur Szene unterhält, rein verwandtschaftlicher Natur, falls Sie es genau wissen wollen. Dadurch konnten wir in Erfahrung bringen, dass Ihre Mitbewohner – respektive Zielobjekte – zum allerengsten Kreis um die Frankfurter Kaufhausbrandstifter gehören. Aber was rede ich, darüber wissen Sie ja längst Bescheid.« Das Lächeln auf Sydows Gesicht erstarb. »Und noch etwas. Warum haben Sie eigentlich nicht schon längst die Fliege gemacht? Spätestens nach dem Mord und meiner Stippvisite dürfte Ihnen doch klar geworden sein, dass es höchste Zeit ist, die Zelte im Stephankiez abzubrechen. Warum, hätte ich mich an Ihrer Stelle gefragt, warum trotz Alarmstufe eins auf dem Horchposten bleiben, wenn man Gefahr läuft, dass einem sämtliche Felle davonschwimmen? Können Sie mir das verraten, Siebert?«

»Sie halten sich wohl für ziemlich schlau, was?«

»Sagen wir mal so, ich kann mich in Ihre Lage hineinversetzen. V-Mann in einer Hippie-Kommune, so was zerrt an den Nerven. Immer einen auf Grinsegesicht machen, stets zu Diensten, wenn den Brüdern und Schwestern der Stoff ausgeht, immer wachsam und auf der Hut vor unbedachten Äußerungen. Ganz ehrlich, mit Ihnen wollte ich nicht tauschen. Wie pflegte ein allseits bekannter Korse doch zu sagen: ›Man liebt den Verrat, aber nicht den Verräter.‹ Zitat Ende. Irgendwann, das wissen Sie so gut wie ich, fliegt jeder Schwindel auf. Dann heißt es türmen – vorausgesetzt, es bietet sich die Chance dazu. Wenn nicht, dann ist guter Rat teuer. Ich weiß ja nicht, wie Sie die Sache sehen, aber ich schätze, mit Ihren Mitkommunarden ist diesbezüglich nicht zu spaßen.«

»Genug.« Schweißperlen auf der Stirn, umklammerte Siebert seine Waffe, zielte auf Sydows Kopf und knurrte: »Werden Sie auf mein Angebot eingehen, ja oder nein?«

»Und das wäre?«

»Ein Pass aus der Asservatenkammer, ein Flugticket auf falschen Namen, das nötige Kleingeld, bis ich in Südamerika Fuß gefasst habe – und Sie sehen mich nie wieder.«

Sydow lachte gelangweilt auf. »Mit Verlaub, warum sollte ich das tun?«

»Weil Sie ein kluger Mann sind.«

»Finden Sie?«

»Mir können Sie nichts vormachen, Sydow. Ich weiß über Sie Bescheid.« Siebert trat nervös auf der Stelle. Bis auf einen Lichtkegel, der auf die Rampe vor dem Lagerhaus fiel, war die Kaianlage in tiefes Dunkel getaucht.

»Wir beide, Sie und ich, liegen mit unseren Vorgesetzten im Clinch. Ich, weil ich darauf gedrungen habe, die Operation abzubrechen, und Sie, weil Sie vom Dienst suspendiert wurden. So was verbindet, hab ich recht?«

»Sie sind bestens informiert, das muss Ihnen der Neid lassen.«

»Machen wir es kurz, Sydow. Sollten Sie auf meine Wünsche eingehen, bin ich bereit, auszupacken und Ihnen sämtliche den aktuellen Fall betreffende Geheimunterlagen zur Verfügung zu stellen, falls gewünscht und bei Zahlung einer entsprechenden Summe sogar noch mehr, falls Sie verstehen, was ich meine.« Siebert schnalzte genüsslich mit der Zunge. »Sie würden staunen, wenn Sie wüssten, wer alles über die Vorgänge im Bilde ist. Hock-Schwartenberg ist nur die Spitze des Eisbergs, das wissen Sie so gut wie ich. Stellen Sie sich vor, Sie könnten dieser Trantüte ein Bein stellen, das wäre doch was, oder? Oder würden an seine Stelle treten und Karriere machen, würde Ihnen das nicht gefallen? Eins kann ich Ihnen versprechen, Sydow. Mit meinen Unterlagen in der Hinterhand könnten Sie jeden Job kriegen, den Sie wollen, sogar den des Polizeipräsidenten. Na, was sagen Sie? So ein Angebot kann man doch unmöglich ablehnen, oder?«

»Doch, kann man.«

»Sie machen Scherze, oder?«

»Keineswegs.«

»Dann, fürchte ich, werden Sie die Konsequenzen tragen müssen.« Der V-Mann gab ein nervöses Räuspern von sich. »Ich zähle jetzt bis drei. Wenn Sie bis dahin nicht Vernunft angenommen haben, werde ich

Ihnen eine Kugel durch den Kopf jagen. Anschließend werde ich mir Ihre Informantin vorknöpfen, falls Sie verstehen, was ich damit …«

»Gar nichts werden Sie!«, stieß eine Stimme hinter Siebert hervor, so schneidend, dass er jäh erstarrte. »Waffe weg und Hände hoch, wird's bald?«

Sydow atmete erleichtert auf. Komme, was wolle, auf seinen Partner war Verlass.

Sonst wäre er längst Einsachtzig tiefer.

»Tja, Siebert, wer hätte das gedacht.« Sydow konnte seine Genugtuung nicht verhehlen. Dank Kroko, dem er einen anerkennenden Blick zuwarf, hatte er den Kopf in letzter Minute aus der Schlinge ziehen können. Wieder einmal, das durfte er nicht vergessen. »Hoch gepokert – und verloren.«

Die Augen gesenkt, leistete der V-Mann keinen Widerstand, wartete ab, bis Krokowski ihm Handschellen angelegt hatte, und flüsterte: »Sie halten sich wohl für ziemlich schlau, was?«

»Sie wiederholen sich, Siebert.« Auf dem Weg zu Nele Miesbach, welche die Szene aus sicherer Distanz beobachtete, hielt Sydow inne, wandte sich um und bedeutete Krokowski, er möge sich um seine Kronzeugin kümmern. Dann, knapp zehn Meter von ihm entfernt, richtete er das Wort an den V-Mann, dessen Gestalt nur noch schemenhaft zu erkennen war. »Das ist Ihre letzte Chance. Entweder Sie legen sämtliche Karten auf den Tisch, oder Sie müssen zusehen, wo Sie bleiben. Wenn Sie kooperieren, werde ich ein gutes Wort für Sie einlegen. Noch ist Zeit, Sie können es sich überlegen.«

»Hm.« Unschlüssig, wie er auf die Offerte reagieren sollte, trat Siebert in den Lichtkegel, der das Pflaster vor dem Lagerhaus erhellte. Dann, nach kurzem Zögern, warf er Sydow einen skeptischen Blick zu, räusperte sich und fragte: »Wie viele Jahre, denken Sie, könnten Sie herausschin…«

Die letzte Silbe von Sieberts Frage ging im Krachen einer Gewehrsalve unter. Von einem halben Dutzend Kugeln getroffen, wovon allein drei in seinen Oberkörper eindrangen, hielt sich der V-Mann mit schmerzverzerrten Zügen auf den Beinen, kniff die Augenlider zusammen und torkelte wie ein Betrunkener hin und her. Allein, das bizarre Spektakel währte nicht lange. Nur Sekunden später, einen Durchschuss in der linken Brusthälfte, brach Klaus Siebert alias Rudi Obermann zusammen.

Doch noch war er nicht tot. Noch war der Expolizist, an dessen Seite Sydow mit versteinerter Miene kniete, während der letzten zehn Minuten seines Lebens in der Lage, die Ermordung von Marie-Luise Lieberknecht zu schildern.

Bis ins Detail, in sämtlichen Einzelheiten.

FÜNFTES KAPITEL

17

Berlin-Moabit, Alt-Moabit | 18.45 h

»Schade«, tat Krokowski mit Bedauern kund, wechselte einen kurzen Blick mit Waldenmaier und wandte sich der ganz in Schwarz gekleideten Kantorin zu, die ihn mit prüfendem Augenaufschlag musterte. »Ich nehme an, die Eltern Ihrer Nichte würden sich darüber freuen.«

»Ich weiß nicht.« Helene Jankowitz wiegte das schmale Haupt, um Jahre gealtert, und das innerhalb weniger Stunden. Ihr Haar, mit grauen Strähnen durchzogen und am Hinterkopf zu einem Knoten zusammengesteckt, ließ sie wie eine Greisin erscheinen. Im Vergleich zum Vormittag, als ihr die Hiobsbotschaft vom Tod ihrer Nichte überbracht wurde, war die verwitwete Kirchenmusikerin nicht wiederzuerkennen, und je länger Waldenmaier sie betrachtete, desto mehr Rätsel gab ihm die 58-Jährige auf. »Die frohe Kunde, dass die Täter überführt worden sind, macht Marie-Luise nicht mehr lebendig.«

»Das stimmt«, räumte Krokowski ein und beeilte sich hinzuzufügen: »Dürfte ich Sie um einen Gefallen bitten, Frau Jankowitz?«

Die Kantorin nickte stumm.

»Wären Sie so gut und würden Ihre Schwester über den Stand der Dinge in Kenntnis setzen?«

»Ganz wie Sie wünschen, Herr Kriminalkommissar.«

»Falls nichts dagegenspricht, würde ich Sie alle miteinander bitten, im Verlauf des morgigen Vormittags im Präsidium vorbeizuschauen.« In Erwartung einer Antwort, die aus unerfindlichen Gründen ausblieb, hielt Krokowski abwartend inne. Nur um etliche Sekunden später nachzuhaken: »Ach so, wenn wir gerade dabei sind: Würden Sie mir freundlicherweise mitteilen, in welchem Hotel Marie-Luises Eltern übernachten?«

Auch jetzt, nach weiterem Warten, ließ die Kantorin geraume Zeit verstreichen, bevor sie dem Wunsch ihres Gesprächspartners Folge leistete. »War's das oder wollen Sie noch mehr wissen?«

»Einstweilen nicht, haben Sie vielen Dank.« Bei allem Verständnis, das Krokowski an den Tag legte, kam ihm der barsche Tonfall merkwürdig vor. Anstatt sich zu verabschieden, was unter den gegebenen Umständen angebracht gewesen wäre, ließ er daher nicht locker. »Schön haben Sie's hier, wenn ich das mal so sagen darf«, fügte er nach einem Rundblick durch die geräumige und im Stil der Jahrhundertwende eingerichtete Wohnstube hinzu, in der neben dem Flügel und einem Schreibsekretär aus Mahagoni die Glasvitrine an der Längsseite den meisten Platz beanspruchte. »Kompliment, Frau Jankowitz, so viel Geschmack wie Sie hat heutzutage nicht jeder.«

»Familienerbstücke«, lautete die Erwiderung, während Krokowski die Einrichtungsgegenstände der Reihe nach begutachtete, unter den wachsamen Augen von Waldenmaier, dessen Blick zwischen der Hausherrin und seinem Kollegen hin- und herwanderte. »Bevor Sie mich fragen: Mein verstorbener Mann hat bis Kriegsende in der Deutschen Wehrmacht gedient. Von daher die umfangreiche Waffensammlung. Ich selbst, müssen Sie wissen, habe mit Schießprügeln nichts am Hut. Wäre ja noch schöner, in meiner Position.« Längst nicht mehr so einsilbig wie zuvor, fügte Helene Jankowitz hinzu: »Keine Ahnung, wie die Dinger funktionieren. Und keine Lust, sie auszuprobieren.«

»Donnerwetter.« Vor der Vitrine postiert, runzelte Krokowski die Stirn. »Damit können Sie die ganze Kripo in Schach halten, den Kollegen Waldenmaier und mich inklusive.«

»Wie darf ich das verstehen?«

Die Augen auf einem Karabiner 98k, geriet Krokowski ins Grübeln. »So, wie ich es sage, gnädige Frau«, gab Sydows Assistent in nachdenklichem Tonfall zurück. Und wiederholte: »So, wie ich es sage.«

»Kann ich noch etwas tun, Herr Kriminalkommissar?«, fragte die 58-Jährige gepresst. »Wenn nicht, würde ich mich gern ausruhen.«

»Kaliber 7,92 x 57 Millimeter, fünf Patronen, ausgerüstet mit Zielfernrohr. Nicht schlecht, Herr Specht.« Kaum imstande, sich vom Anblick des Karabiners loszureißen, schien Krokowski die Frage überhört zu haben. »Ob Sie noch etwas für uns tun können, fragen Sie?«, gab er nach lang anhaltendem Schweigen zurück, nicht ohne mit Waldenmaier einen raschen Blick gewechselt zu haben. »Einstweilen nicht, vielen Dank. Und schonen Sie Ihre Kräfte, Frau Jankowitz, Sie werden sie noch brauchen!«

18

Berlin-Tiergarten, Abteilung K der Zentralen Kriminaldirektion in der Keithstraße | 18.55 h

»Ich fasse zusammen, Herr Kriminalrat: Zwischen 19.30 und 20 Uhr am gestrigen Freitagabend wurde Marie-Luise Lieberknecht, geboren in Füssen und zum Tatzeitpunkt 19 Jahre alt, Opfer einer Vergewaltigung in einem besonders schweren Fall, nachdem man sie zuvor unter Drogen gesetzt und auf diese Weise gefügig gemacht hatte. Der Tat dringend verdächtig sind zwei Angehörige einer Kommune im Stephankiez. Was heißt hier ›verdächtig‹ – sie wurden überführt. Die Namen entnehmen Sie bitte meinen handschriftlichen Notizen, die Sie vor sich auf dem Schreibtisch liegen haben. Wie das gerichtsmedizinische Gutachten und die Zeugenaussage eines als V-Mann in die Kommune eingeschleusten Beamten beweisen, wurde Marie-Luise Lieberknecht, Spitzname Malu, nicht nur vergewaltigt, sondern auf menschenunwürdige und bestialische Weise gequält. Alles Weitere entnehmen Sie auch hier dem besagten Gutachten. Sollten Sie weitere Fragen haben, wird Ihnen mein Kollege Heribert Peters gerne zur Verfügung stehen. Bevor ich es vergesse, im Anschluss an den Mord wurde der Leichnam zwecks Vertuschung in einen VW-

Bus verfrachtet und ans Spreeufer nach Moabit transportiert, wo er auf einer Parkbank deponiert wurde. Um den Eindruck zu erwecken, es handele sich um einen Fall von Drogenmissbrauch, wurden dem Opfer zuvor mehrere Stiche in den Unterarm beigebracht, zweifelsfrei belegt durch das bereits erwähnte Gutachten.«

»Alles schön und gut, Sydow – aber wer ist denn jetzt der Mörder?«

»Eine gewisse Dorle Kleinhans. Oberflächlich betrachtet, wie ich der Korrektheit halber eingestehen muss«, erwiderte Sydow, nahm Hock die Havanna aus der Hand und drückte sie in dem kristallenen Aschenbecher auf dessen Schreibtisch aus. Dann trat er ans Fenster und öffnete es. »Sommer ade, scheiden tut weh. Sie haben doch nichts dagegen, wenn ich ein bisschen frische Luft reinlasse? Nein? Verbindlichsten Dank.«

»Oberflächlich betrachtet, was soll das heißen?«

»Das soll heißen, wir haben es hier, um es nüchtern zu formulieren, mit einem klassischen Fall von gemeinschaftlichem Mord zu tun.«

»Können Sie das beweisen?«

»So leid es mir für Sie tut, *Hock* – ja!«

»Was unterstehen Sie sich eigentlich, Sydow? Sie haben es hier mit einem Vorgesetzten zu tun.«

»Wenn ich mit Ihnen fertig bin, sind Sie die längste Zeit Kriminalrat gewesen«, knurrte Sydow, die Handflächen auf dem Schreibtisch und das Kinn drohend nach vorn gereckt. »Aber zuvor noch ein paar Details. Laut Gutachten trat der Tod des Opfers zwischen ein und halb zwei Uhr nachts ein, nach Aussage des eingangs erwähnten V-Mannes mithilfe eines Kissens, das

Dorle Kleinhans, Gespielin eines der beiden Vergewaltiger, ihrem Opfer ins Gesicht gedrückt hat. Woran diese, was nicht weiter verwunderlich ist, qualvoll erstickte. Motiv: Eifersucht. Hatte ihr Galan doch keinerlei Skrupel, sich mit dem Mordopfer in ihrem Beisein zu vergnügen. Frei nach dem Motto: Wer zweimal mit derselben pennt, gehört schon zum Establishment. Muss man nicht verstehen, oder? Um auf den Punkt zu kommen, Herr Kriminalrat a. D., unter stillschweigender Duldung durch einen Mitarbeiter des Landesamtes für Verfassungsschutz, der seine Mitkommunarden mit Drogen versorgte, wurde Marie-Luise zunächst missbraucht, um dann, nachdem es beim zweiten ihrer Peiniger zu einer vorzeitigen Ejakulation kam, mit einem – glimmenden – Kerzenhalter so lange traktiert zu werden, bis es, für mich absolut unentschuldbar, zu einem Riss zwischen Vagina und After kam. Folge: allmähliches, qualvolles Verbluten und anschließender, nicht minder qualvoller, Tod durch Ersticken.« Bebend vor Zorn, legte Sydow eine Pause ein. Dann holte er zum finalen Schlag gegen seinen Vorgesetzten aus: »Kommen wir auf den Punkt, Hock. Ihre letzte Amtshandlung, bevor Sie sich auf unbestimmte Zeit krankschreiben und anschließend auf eigenen Wunsch versetzen lassen, wird darin bestehen, dass Sie umgehend – mit Betonung auf umgehend – einen Haftbefehl gegen die des Mordes überführten Kommunarden erwirken werden. Ach so, das hätte ich beinahe vergessen! Vor Ihrem Überwechseln in den Krankenstand werden Sie in den Genuss kommen, mir einen letzten Liebesdienst zu erweisen.«

»Und der wäre?«

»Sie werden mir das Protokoll unterzeichnen, das Ihnen in Kürze zugehen wird. Also immer hübsch brav sein und tun, was der liebe Onkel sagt. Und versuchen Sie nicht, ein krummes Ding zu drehen. Bis zum Eintreffen des Haftbefehls werden die Kollegen Krokowski und Waldenmaier ein wachsames Auge auf die Beschuldigten haben, sprich: Sie werden das Hinterhaus observieren, mit tätiger Mithilfe der Kollegen in Moabit.«

»Und Sie?«

»Ich?« Sydow richtete sich auf, ein angewidertes Lächeln im Gesicht. »Was mich betrifft, werde ich mir eine kurze Verschnaufpause gönnen. Wie pflegt man im Heimatland meiner Mutter doch zu sagen: ›My home is my castle.‹« Dann wandte er sich ab, schlenderte zur Tür und öffnete sie. »Alles soweit klar? An die Arbeit, Hock, ich will Ergebnisse sehen!«

19

Berlin-Schöneberg, Sydows Wohnung in der Grunewaldstraße | 19.30 h

Nur noch ein paar Meter, dann war es geschafft. Nur noch die Treppenflucht hoch, die von der U-Bahn-Station Kleistpark ins Freie führte, die Hauptstraße überqueren und die letzte Strecke Weges zu Fuß gehen. Eine Sache von Minuten, trotz des Unwetters, das sich gerade anbahnte.

Es sei denn, man hatte das Gefühl, beschattet zu werden.

Dann war es ratsam, einen Zahn zuzulegen.

Hast du dir so gedacht, was, Alter? Bemüht, klar zu denken, steuerte Sydow auf den Zebrastreifen zu, schlug den Kragen seiner Jacke hoch und tat so, als habe er seinen Verfolger nicht bemerkt. Unnütz zu fragen, fuhr es ihm in einem Anflug von Sarkasmus durch den Sinn, was Philip Marlowe an seiner Stelle getan hätte. Ähnlich wie am Humboldthafen, wo Siebert aus dem Hinterhalt erschossen worden war, handelte es sich hier nicht etwa um die Szene aus einem Film, sondern um die Wirklichkeit. Um die Realität, mit der sich kein Hollywoodfilm messen konnte.

Regenböen, die durch die menschenleere Grunewaldstraße peitschten, ein kalter Wind, der ihn frösteln und die Jacke hauteng um die Schultern ziehen ließ, Pflastersteine, an denen verwelktes Herbstlaub klebte, vorbeihuschende Autos, deren Fahrer wie gestaltlose Chimären anmuteten, Gullys, aus denen bleifarbene Dunstschwaden in die Höhe stiegen, und der Wind, der durch das Geäst der hin und her wogenden Ulmen fuhr.

Und das Gefühl, dass es kein Entrinnen gab. Egal, welche Finte er sich einfallen ließ.

Soweit also das Problem, die durch nichts zu übertrumpfende Realität.

Ein Problem, mit dem er fertigwerden würde, fertigwerden *musste*. Sonst war alles, was die Kollegen und er erreicht hatten, umsonst gewesen. Die Strippenzieher im Hintergrund, die sogenannten Demokraten, die sich wie die Handlanger von Diktatoren gebärdeten, die alten Kameraden, die ihren Privatkrieg gegen vermeintliche oder reale Staatsfeinde führten, ihnen allen, allen voran Letzteren, musste das Handwerk gelegt werden. Damit sich das, was sich am heutigen Tag abgespielt hatte, nicht wiederholen würde.

Damit es sich, allen Unwägbarkeiten zum Trotz, *nie mehr* wiederholen würde.

In Höhe des Parkgeländes, das sich zu seiner Linken erstreckte, beschleunigte Sydow abermals seinen Schritt. Weshalb, war ihm selbst nicht klar. War es Angst, die ihn antrieb, oder, nüchtern formuliert, ein angeborener Instinkt? Oder war es der Wunsch, es seinen Verfolgern so schwer wie möglich zu machen? Der Wunsch, die eigene Haut so teuer wie möglich zu verkaufen?

Wie dem auch sei, er hatte die Schnauze voll.

Ein für alle Mal.

Nur noch wenige Schritte von seinem Ziel entfernt, blieb Sydow wie angewurzelt stehen. Vor ihm, wie aus dem Nichts, war ein Unbekannter aufgetaucht, völlig lautlos, wie er verblüfft registrierte. »Hauptkommissar Sydow, wenn ich mich nicht irre?«

»Kennen wir uns?« Ein Blick in die Runde, und Sydow wusste Bescheid. Außer dem Verfolger, der sich in der U-Bahn an seine Fersen geheftet hatte, befanden sich zwei weitere Männer in der Nähe, einer davon vor der Haustür schräg gegenüber, der andere am Steuer eines Mercedes 180b, der mit laufendem Motor vor seiner Haustür stand. »Wie war doch gleich der werte Name?«

»Ich muss schon sagen, Sie halten uns auf Trab.« Der Unbekannte im beigefarbenen Trenchcoat, schätzungsweise Anfang 60, hager, die fein geschnittenen Gesichtszüge leicht gebräunt, vornehm gekleidet und mit schlohweißem, in dichten Wellen nach hinten gekämmtem Haar, ging lächelnd über die an ihn gestellte Frage hinweg. »Wie wär's, wollen Sie mich nicht hereinbitten?«

»Das mit Siebert, das waren Sie, hab ich recht?«

»Siebert? Nie gehört.«

»Dreimal kurz gelacht.«

»Jammerschade, Herr Hauptkommissar, wirklich jammerschade.« Der Unbekannte, unter dessen Trenchcoat der Nadelstreifenanzug eines italienischen Herrenausstatters hervorlugte, strich über den sorgfältig zurechtgestutzten Oberlippenbart, bleckte die makellos weißen Zähne und sagte: »Eins ist sicher, ein Mann mit Ihren Fähigkeiten hätte es bei uns weit bringen können.«

»So weit wie Hock-Schwartenberg oder noch weiter?«

»Bis ganz nach oben, wenn Sie mich so fragen«, raunte der piekfeine Möchtegern-Kavalier, umklammerte seinen Regenschirm und pirschte sich so nah an Sydow heran, dass dieser seinen schalen Atem riechen konnte. »Überlegen Sie es sich, an mir soll es nicht liegen.«

Sydow schnitt eine angewiderte Grimasse. »Ich hoffe, Sie meinen das nicht ernst.«

»Nicht wirklich. Um in unserem Metier zu bestehen, sind Sie nicht geschmeidig genug.«

»Wer immer Sie auch sind, ein schöneres Kompliment hätten Sie mir nicht machen können. So, und jetzt lassen Sie mich vorbei, Ihr Geschwätz geht mir auf die Nerven.«

»Nicht so eilig, Herr Hauptkommissar«, zischte Kalinowski und trat Sydow in den Weg, die Handfläche gebieterisch in die Höhe gereckt. »So billig kommen Sie mir nicht davon.«

»Jetzt hören mir Sie mir mal gut zu, Sie Meisterspion«, zürnte Sydow, machte einen Schritt nach vorn und baute sich vor seinem verblüfften Widersacher auf. »Wenn Sie so schlau sind, wie Sie tun, blasen Sie zum Rückzug und sperren Ihre Gorillas in den Käfig. Dort gehören sie nämlich hin.«

»Haben Sie eigentlich keine Angst, Sydow? Ein Zeichen von mir, und Sie können sich die Radieschen von unten begaffen.«

»Zu Ihrer Information, Sie Musterdemokrat: Sollte mir oder meiner Familie auch nur ein Haar gekrümmt werden, sorge ich dafür, dass Sie Ihren Hut nehmen können. Und nicht nur Sie, falls Sie verstehen, was ich meine!«

»Sie nehmen den Mund reichlich voll, wissen Sie das?«

»Und Sie verkennen die Situation.«

»Ach wirklich?«

»Um Missverständnisse erst gar nicht erst aufkommen zu lassen: Für den Fall, dass mir etwas zustößt, wird ein befreundeter Journalist sämtliche Details im Fall Lieberknecht veröffentlichen und Sie mitsamt Ihrer Kameraden durch den Kakao ziehen. Nach allen Regeln der Kunst, Sie wissen ja, wie das heutzutage funktioniert. Also: Ich gebe Ihnen eine Minute, um von hier zu verschwinden, sonst lernen Sie mich kennen. Haben wir uns verstanden, oder muss ich es noch mal wiederholen? Ab durch die Mitte, sonst müssen Sie sich neue Klamotten zulegen!«

*

Vom Treppenabsatz, wo Sydow gerade innehielt, waren es nur noch zehn Stufen bis zu seiner Wohnungstür. Zehn lumpige Stufen, und dann war es geschafft.

Endlich.

»Zu verkalkt, um auf den Schalter zu drücken, das hältst du ja im Kopf nicht aus.« Erneut, das heißt zum dritten Mal hintereinander, hatte er vergessen, vor dem Verlassen seiner Wohnung die Gangbeleuchtung auszuschalten. »Du wirst alt, Sydow, weißt du das?«

Das Licht vor Augen, das durch die mit Blütenranken verzierte Milchglasscheibe drang, machte Sydow seinem Unmut durch eine Serie halblaut gemurmelter Selbstbezichtigungen Luft. Erst jetzt, lange nach Ladenschluss, fiel ihm ein, dass es ihm am Nötigsten, will heißen an Bouletten und einer Flasche Berliner Kindl, fehlte. Und dass er vergessen hatte, den Mülleimer vor die Tür zu tragen. Von der Unordnung, die in seinem Domizil herrschte, nicht zu reden.

Vor der Tür angekommen, stieß Sydow einen aus tiefster Seele kommenden Seufzer aus. »Höchste Zeit, dass man dir wieder sagt, wo's langgeht«, bilanzierte er mit kummervoller Miene, steckte den Schlüssel ins Schloss und murmelte: »Sonst landest du unter der Brücke, Herr Hauptkommissar.«

»Tom, bist du das?«

Halluzinationen, und das ohne einen Tropfen Alkohol im Blut.

Das konnte ja heiter werden.

»Du bist spät dran, was war denn los?«

Wie ausgewechselt, stieß Sydow einen unterdrückten Jubellaut aus, riss die Tür auf, bog nach rechts – und breitete freudestrahlend die Arme aus.

Wie pflegte man in der Heimat seiner Mutter doch zu sagen: »Home, sweet home.«

Da war etwas dran, so wahr er Thomas Randolph von Sydow hieß.

ZWÖLF STUNDEN SPÄTER

EPILOG

(West-Berlin, Sonntag, 13. Oktober 1968)

»Wir taten es aus Protest gegen die Gleichgültigkeit, mit der die Menschen dem Völkermord in Vietnam zusehen.«

(Gudrun Ensslin)

Am 31. Oktober 1968 wurden die vier Angeklagten im Frankfurter Kaufhaushausbrandstifterprozess zu jeweils drei Jahren Zuchthaus verurteilt. Bereits am 13. Juni 1969, also nach 14 Monaten Haft bzw. gut einem Drittel der vorgesehenen Strafe, kamen sie wieder frei.

20

Berlin-Moabit, Stephankiez | 07.30 h

L.-H. L.: *Come on baby, light my fire, come on baby, light my fire, try to set the night on … he, was soll das, ihr könnt doch nicht einfach so reinplatzen!*

Kripo-Beamter (Name aus dienstrechtlichen Gründen nicht ins Abhörprotokoll übernommen): *Doch, können wir. Darf ich die Herrschaften bitten mitzukommen? Meine Kollegen und ich haben ein paar Fragen an Sie.*

F. H.: *Du kannst mich mal, Dorfbulle. Hast du überhaupt 'nen Haftbefehl?*

Beamter: *Hier, bitte schön – ich nehme an, Sie können lesen! Darf ich bitten, die Dame! Auf geht's, meine Kollegen und ich möchten hier keine Wurzeln …*

D. K.: *Fass mich nicht an, Bullenschwein, sonst kannst du was erleben!*

F. H.: *Die Gestapo, wie sie leibt und lebt. Was wirft man uns vor, wenn man fragen darf?*

Beamter: *Unerlaubter Drogenbesitz, Vergewaltigung in einem besonders schweren Fall, Mord an Marie-Luise Lieberknecht, Vertuschung einer Straftat. Reicht das oder wollen Sie noch mehr hören?*

L.-H. L.: *Alles Humbug, Sie haben nichts gegen uns in der Hand.*

Beamter: *Sie werden sich wundern, wenn Sie erfahren, was wir alles gegen Sie in der Hand haben!*

F. H.: *Du bluffst doch nur, Bulle. Das kannst du deiner Großmutter erzählen.*

Beamter: *Apropos Bluff, Herr Habermaier: Was sagt Ihnen der Name Siebert?*

F. H.: *Nichts, wieso?*

Beamter: *Und wie steht es mit … Wie lautete der Name Ihres Drogenbeschaffers doch gleich?*

F. H.: *Keine Ahnung, wovon du redest.*

Beamter: *Genau, jetzt hab ich's! Er heißt – oder vielmehr hieß – Obermann. Rudolf Obermann.*

F. H.: *Hieß? Wie meinst du das?*

Beamter: *Wissen Sie, was ich glaube? Entweder Sie sind wirklich so ahnungslos, wie Sie tun, oder …*

L.-H. L. *Oder?*

Beamter: *Oder Ihr Kumpan, Herr Langenkamp, ist ein überaus begabter Schauspieler.*

F. H.: *Was soll das Gequatsche, bist du high, oder was?*

Beamter: *Können Sie eigentlich mit Waffen umgehen? Grinsen Sie nicht so dämlich, ich will eine Antwort haben!*

F. H.: *Angenommen, die Antwort lautet ja, wen, bitte schön, soll ich deiner Meinung nach über den Haufen geknallt haben?*

Beamter: *Wenn Sie es nicht wissen, Habermaier, wer dann?* Pause *Aber machen Sie sich keinen Kopf, war nur eine Frage. Nach Ihnen, die Herren – und natürlich auch nach Ihnen, Frau Kleinhans!*

21

Berlin-Charlottenburg, Hotel Zoo
am Kurfürstendamm | 07.30 h

Liebe Helene,

auch im Namen Deiner Schwester möchte ich mich bei Dir für die freundliche Aufnahme und Dein Bemühen danken, uns über den Verlust unserer Tochter hinwegzuhelfen. Ob und inwieweit dies möglich sein wird, kann niemand sagen, wir stehen noch zu sehr unter Schock, um einen vernünftigen Gedanken zu fassen. Irgendwie wird und muss das Leben ohne Marie-Luise weitergehen, du kennst mich ja, ich bin ein Stehaufmännchen. Wie sich Deine Schwester unsere gemeinsame Zukunft vorstellt, weiß ich nicht, sie redet kein Wort mit mir, hoffentlich geht es bald wieder bergauf.

Weiterhin möchte ich Dir danken, dass Du bereit bist, nach Freigabe der sterblichen Überreste von Marie-Luise alles Nötige für eine Überführung in die Heimat zu veranlassen. Dort werden wir dann endgültig von meiner geliebten Tochter Abschied nehmen, wenn es auch noch ein paar Tage dauern kann, wie der Leiter der Gerichtsmedizin angedeutet hat.

Danke auch dafür, dass Du für das, was ich getan

habe, so viel Verständnis aufgebracht hast. Weißt Du, Helene, manchmal muss man eben Dinge tun, die man unter normalen Umständen niemals tun würde. Glaub mir, ich weiß auch nicht, was in mich gefahren ist, aber als ich Marie-Luise so liegen sah und Professor Peters mich darüber aufgeklärt hat, was diese Scheusale unserem armen Kind angetan haben, da ist etwas in mir kaputtgegangen. Da habe ich den Glauben an den Herrgott verloren, und zwar endgültig. Tja, so ist das eben. Hätte sich der junge Mann im Präsidium nicht verplappert, als ich gestern Nachmittag dort vorstellig geworden bin, wäre das alles nicht passiert. Aber so, das habe ich Dir ja gesagt, konnte ich nicht anders. Als ich vor Ort Nachforschungen angestellt habe, ist mir einer von diesen vier Verbrechern über den Weg gelaufen, der Zufall wollte es anscheinend so. Was danach passiert ist, weißt Du ja.

Was ich getan habe, liebe Helene, habe ich aus voller Überzeugung getan – und würde es, darauf gebe ich Dir mein Wort, jederzeit wieder tun. Ich habe ein reines Gewissen, und darauf kommt es ja wohl an.

Sei herzlich gegrüßt von Deinem Schwager
Hubertus Lieberknecht

VERFASSUNGSSCHÜTZER

Aus einem SPIEGEL-Interview mit dem Berliner Innensenator Kurt Neubauer (SPD) in Zusammenhang mit den Tätigkeiten von sogenannten V-Leuten:

»Die Arbeit eines Landesamtes für Verfassungsschutz lässt sich nur dann erfüllen, wenn sich dessen Mitarbeiter den Gewohnheiten der Gruppe, die sie beobachten, auch anzupassen vermögen. Das bringt den Mann natürlich auch in die Lage, strafbare Handlungen zu beobachten, oder in die Versuchung, sich an ihnen zu beteiligen. Anders ist es für Nachrichtendienstler, die strafbaren Handlungen vorbeugen sollen, gar nicht möglich.«

(»DER SPIEGEL«, 7.6.1971)

AKTENFUND

Der Polizist Karl-Heinz Kurras, der am 2. Juni 1967 den Studenten Benno Ohnesorg aus nächster Nähe erschoss, war Mitglied der SED und Inoffizieller Mitarbeiter des DDR-Ministeriums für Staatssicherheit (MfS).

Das berichten Helmut Müller-Enbergs und Cornelia Jabs, die durch einen Zufall entsprechende Unterlagen im Aktenbestand des MfS gefunden haben. Ihr Bericht über die insgesamt 17 Aktenbände des Staatssicherheitsdienstes zu Kurras ist in einer Ausgabe der Zeitschrift »Deutschlandarchiv« erschienen (3/2009): »Der 2. Juni 1967 und die Staatssicherheit«. Müller-Enbergs und Frau Jabs arbeiten in der Behörde der Bundesbeauftragten für die Stasi-Unterlagen in Berlin, einem größeren Publikum ist der Historiker Müller-Enbergs durch seine Forschungen zur Arbeit der Stasi im 6. Deutschen Bundestag bekannt geworden, die sich aus den Akten der Auslandsaufklärung HVA des MfS ergibt.

Der Aktenfund erhellt den Täter, nicht seine Tat. Warum Kurras damals im Hof der Krummen Straße 68 auf den 26 Jahre alten Ohnesorg schoss, bleibt rätselhaft. Im März 1950, da war er 22 Jahre alt, trat Kurras in den Dienst der West-Berliner Polizei. Im April 1955 bat er, in die DDR übersiedeln und in der Volkspolizei arbeiten zu dürfen. Doch seine Gesprächspartner in Ost-Berlin überzeugten ihn in »einer gründlichen

Aussprache«, wie es in seiner Akte heißt, besser in der West-Berliner Polizei weiterzuarbeiten.

Kurras wurde von der DDR nicht eingebürgert, aber er wurde zum Inoffiziellen Mitarbeiter der Abteilung IV der Groß-Berliner Stasi, der er sich am 26. April 1955 schriftlich zur Kooperation und Konspiration verpflichtete. Sein Deckname war »Otto Bohl«. Am 15. Dezember 1962 stellte er »in ehrlicher Überzeugung« den Antrag, in die SED aufgenommen zu werden, weil diese »mit ihrer Zielsetzung den wahren demokratischen Willen verkörpert, ein demokratisches Deutschland zu schaffen«.

ABKÜRZUNGEN

APO
Außerparlamentarische Opposition

BGH
Bundesgerichtshof (in Karlsruhe)

BKA
Bundeskriminalamt

BND
Bundesnachrichtendienst

CIA
Central Intelligence Agency

DDR
Deutsche Demokratische Republik

FHO
Fremde Heere Ost (Für die Feindaufklärung an der Ostfront zuständige Generalstabsabteilung der Deutschen Wehrmacht unter der Leitung von Reinhard Gehlen, seit 1955 Leiter des Bundesnachrichtendienstes)

FU
Freie Universität (Berlin)

Gestapo
Geheime Staatspolizei

HVA
Hauptverwaltung Aufklärung (des MfS)

LfV
Landesamt für Verfassungsschutz

LSD
Lysergsäurediethylamid (eines der stärksten Halluzinogene)

MfS
Ministerium für Staatssicherheit (der DDR)

NKWD
Volkskommissariat für Innere Angelegenheiten der UdSSR

Odessa
Organisation der ehemaligen SS-Angehörigen

SDS
Sozialistischer Deutscher Studentenbund

SED
Sozialistische Einheitspartei Deutschlands

SFB
Sender Freies Berlin

SS
Schutzstaffel (der NSDAP)

TU
Technische Universität (Berlin)

V-Leute
Auch »V-Männer« oder »V-Personen« genannt, bezeichnen Verbindungs- oder Vertrauenspersonen, die als Informanten eines Nachrichtendienstes, des Zolls oder der Polizei arbeiten.

Weitere Krimis finden Sie auf den folgenden Seiten und im Internet:

UWE KLAUSNER
Pseudonym – Das Shakespeare-Komplott

978-3-8392-1817-4 (Paperback)
978-3-8392-4891-1 (pdf)
978-3-8392-4890-4 (epub)

»›An sich ist nichts weder gut noch böse, das Denken macht es erst dazu.‹ W. Shakespeare, ›Hamlet‹«

London anno 1599. William Shakespeare ist am Höhepunkt seines Erfolges angelangt. »Ein Sommernachtstraum«, »Richard III.« und »Julius Cäsar« sind in aller Munde. Dann wird Shakespeares ehemaliger Weggefährte James Norton, Ex-Mitglied Londons bekanntester Theatertruppe, des Mordes angeklagt.

Clayton Percival, Jurist aus Überzeugung, übernimmt die Verteidigung. Doch James Norton schweigt. Schnell wird dem Anwalt klar, dass dieser Fall von äußerster Brisanz ist, möglicherweise bis in Shakespeares Umfeld reicht. Und dass nichts ist, wie es zu sein scheint.

GMEINER SPANNUNG

Das Neueste aus der Gmeiner-Bibliothek

Unser Lesermagazin

Bestellen Sie das kostenlose Krimi-Journal in Ihrer Buchhandlung oder unter www.gmeiner-verlag.de

Informieren Sie sich …

www … auf unserer Homepage: www.gmeiner-verlag.de

@ … über unseren Newsletter: Melden Sie sich für unseren Newsletter an unter www.gmeiner-verlag.de/newsletter

f … werden Sie Fan auf Facebook: www.facebook.com/gmeiner.verlag

Mitmachen und gewinnen!

Schicken Sie uns Ihre Meinung zu unseren Büchern per Mail an gewinnspiel@gmeiner-verlag.de und nehmen Sie automatisch an unserem Jahresgewinnspiel mit »mörderisch guten« Preisen teil!